AF345889

L'androïde amoureux

Michel ROMERO

ISBN : 978-2-9561050-7-7

« La peur n'évite pas le danger, le courage non plus.
Mais la peur rend faible et le courage rend fort. ».

(Misha Defonseca)

Table des matières

LES ROBOTS SOCIOPATHES

Les robots domestiques de type "Joris", fabriqués et commercialisés par l'entreprise "Direct VIP Robotics", sont dotés du système d'intelligence artificielle « Learning machine », un dispositif permettant d'apprendre par eux-mêmes, tout comme les humains, en tirant les leçons de leurs expériences.

Alors que les "Joris" sont distribués en grand nombre dans le monde entier, leurs concepteurs constatent que certains d'entre eux présentent des troubles du comportement et de la personnalité, accompagnés d'une attitude antisociale qui devient dangereuse pour les clients.

Le directeur général de la firme, Harold Miller, décide alors de faire appel au célèbre psychiatre, Goran Milosz, afin de déterminer les causes du disfonctionnement et les remèdes à apporter pour résoudre les problèmes et assainir une situation qui empire de jour en jour ...

Les robots sociopathes

I – Goran Milosz

Lorsque l'homme entra dans le bureau d'Harold Miller, président directeur général de la firme "Direct VIP Robotics", celui-ci fut étonné de découvrir une silhouette frêle, vêtue d'un costume démodé et étriqué, et qui avait du mal à se déplacer à l'aide d'une canne en bois d'ébène. Miller se leva de son siège pour accueillir son invité et lui serrer la main. Il avait du mal à imaginer qu'il avait devant lui le célèbre psychiatre, le docteur Goran Milosz, tant la posture de l'individu dégageait une impression de fragilité et de vulnérabilité. Mais après avoir croisé le regard vif et pénétrant du psychiatre, Miller sentit qu'il avait sans aucun doute affaire à un drôle de phénomène.

Milosz prit le temps d'examiner longuement l'immense salle qui servait de bureau au directeur de l'une des plus importantes sociétés au monde fabriquant des robots. Meublée avec un mobilier couteux mais impersonnel, la décoration des murs blancs avec de grands tableaux modernes ne parvenait pas à dissiper la sensation de froideur qui émanait de la pièce.

Harold Miller était un homme petit, chauve et bedonnant, qui dégageait une certaine bonhommie, mais de l'avis même de ceux qui le côtoyaient, c'était un directeur d'une grande rigueur intellectuelle et d'une compétence professionnelle largement reconnue dans son milieu.

Après avoir salué le maître des lieux, le psychiatre, visiblement handicapé, mit un certain temps à prendre place dans le siège face à celui de Miller.

— Je vous remercie d'avoir accepté rapidement ce rendez-vous, dit le directeur.

Les robots sociopathes

— Je vous en prie, répondit simplement le psychiatre qui s'exprimait avec un fort accent indéfinissable. Que puis-je pour vous ?

— Eh bien, commença Miller après une courte pause durant laquelle il semblait chercher ses mots, si je vous ai demandé de venir c'est parce que nous avons un gros problème ...

— Je vous écoute, dit le psychiatre.

— Vous savez sans doute que "Direct VIP Robotics", est un fabricant de robots domestiques parmi les plus importants au niveau mondial, déclara solennellement Miller en regardant droit dans les yeux Milosz qui restait de marbre.

— "Joris", notre dernier modèle de robot domestique, poursuivit-il, est commercialisé depuis trente mois environ et l'on compte aujourd'hui plus de 150.000 exemplaires distribués dans le monde entier. Ce robot dispose des toutes dernières technologies de pointe maîtrisées par notre groupe et en particulier du tout nouveau système dit de « Learning machine », qui est un dispositif d'intelligence artificielle lui permettant d'apprendre par lui-même, comme nous les humains, en tirant les leçons de son expérience ...

— Mais veuillez m'excuser docteur Milosz, enchaîna le directeur, décidément je manque à tous mes devoirs, cette affaire me perturbe gravement, voulez-vous boire quelque chose ?

— Avez-vous du thé ? demanda le psychiatre.

— Mais certainement, assura Miller en appuyant sur une touche devant lui. Mademoiselle, voulez-vous nous apporter du thé je vous prie ?

— Depuis environ douze mois, reprit le directeur, nous constatons une augmentation constante du nombre de plaintes relatives au comportement de nos machines. Ce genre de désagrément a toujours existé avec nos modèles antérieurs, mais jamais avec une telle fréquence et une telle ampleur, et qui plus est, le rythme s'accélère !

Les robots sociopathes

Les propos de Miller furent interrompus par l'arrivée d'une jeune femme qui leur servit une tasse de thé, puis qui sortit sans un mot en laissant la théière sur un plateau argenté posé sur la table. Ils prirent un court instant pour boire une gorgée de thé à la menthe et le directeur poursuivit ses explications.

> — Nous classons les manquements de la part de nos machines aux règles fondamentales de la robotique en trois catégories, calquées sur les trois principales lois de la robotique, dit-il. Docteur Milosz, connaissez-vous les lois fondamentales de la robotique ?

Le psychiatre, l'air attentif, répondit négativement en hochant la tête.

> — Si l'on cite leur forme vulgarisée employée pour la première fois par un célèbre auteur de science-fiction américain, Isaac Asimov, poursuivit Miller, la première loi peut s'énoncer ainsi : « un robot ne peut porter atteinte à un être humain ni, restant passif, laisser cet être humain exposé au danger » …

> — La deuxième loi est celle-ci : « un robot doit obéir aux ordres donnés par les êtres humains, sauf si de tels ordres sont en contradiction avec la Première Loi » …

> — Et la troisième : « un robot doit protéger son existence dans la mesure où cette protection n'entre pas en contradiction avec la Première ou la Deuxième Loi ». Et nos catégories correspondent aux manquements à l'une des trois lois, la première concerne les infractions à la troisième loi, mais il y en a peu, la deuxième catégorie concerne les infractions à la deuxième loi, comme, par exemple, les désobéissances délibérées. Et la troisième catégorie concerne les infractions à la première loi, comme les injures, les molestations ou bien même les agressions physiques …

> — Les agressions physiques ? releva Milosz. Un robot peut donc agresser un humain ?

> — Oui ! absolument ! répondit Miller, cela n'est pas fréquent mais cela s'est déjà produit. Ces violations de la première loi étaient

Les robots sociopathes

extrêmement rares jusqu'ici, enchaîna le directeur, mais aujourd'hui elles sont de plus en plus fréquentes et les retours en usine n'ont jamais été aussi nombreux. C'est à n'y rien comprendre, puisqu'en parallèle, les contrôles qualité en sortie des chaines de production sont plus sophistiqués qu'ils ne l'ont jamais été … et fort heureusement, jusqu'à présent il n'y a pas eu d'accident corporel grave … mais nous craignons que cela arrive incessamment …

— Bref ! nos ingénieurs sont impuissants et ne trouvent aucune explication rationnelle au phénomène … ajouta-t-il en regardant le psychiatre avec insistance.

Celui-ci restait imperturbable en s'occupant de sa tasse de thé. Il but une longue gorgée avant de prendre la parole :

— Et qu'est-ce qui vous fait penser que je puisse faire quelque chose pour vous ? demanda-t-il enfin. Mon champ de compétence est, en toute modestie, celui de la santé mentale des humains …

— A vrai dire docteur Milosz, et pour être tout à fait honnête avec vous, répondit Miller, c'est en désespoir de cause que j'ai eu cette idée, consulter un psychiatre et, tant qu'à faire, dans ce cas, pourquoi ne pas prendre le meilleur ? …

— … voyez-vous, enchaîna-t-il aussitôt avec un sourire, dans notre jargon, les robots coupables de manquement à l'une des trois lois sont appelés des « robots sociopathes » !

— Houlà ! comme vous y allez ! réagit prestement le psychiatre.

— Oui, je sais, confessa le directeur, c'est sans doute un abus de langage pour les gens de votre profession, mais pour nous c'est exactement ce que nous ressentons ! c'est un trouble du comportement et de la personnalité, une attitude antisociale, alors de là à consulter un psy, il n'y a qu'un pas … que j'ai allègrement franchi !

Les robots sociopathes

Il y eut une longue minute de silence durant laquelle le psychiatre en profita pour réfléchir à une situation qu'il n'avait, visiblement, ni prévue ni connue auparavant.

— Vous ne serez pas surpris si je vous dis que je n'ai jamais travaillé avec des robots, finit-il par avouer, et que je ne suis donc pas du tout certain d'obtenir un quelconque résultat …

— Surpris ? non, je ne le suis pas en effet, confirma Miller, mais accepterez-vous le job ?

— Eh bien … je demande à avoir accès à tous les éléments techniques qui pourraient me faciliter la tâche, répondit le psychiatre, ainsi que la possibilité de parler à vos machines.

— Sans aucune restriction ! affirma le directeur. Tout ce que vous voudrez … d'ailleurs je vais vous mettre en relation avec Andrew Willis, notre ingénieur concepteur du modèle "Joris", il vous donnera tout ce dont vous avez besoin …

Puis Miller appuya sur le bouton du communicateur placé devant lui et ordonna :

— Veuillez demander à monsieur Willis de nous rejoindre !

Alors qu'ils s'apprêtaient à attendre l'arrivée du technicien, ce fut le psychiatre qui reprit la parole :

— Euh … je suis habitué à percevoir d'importants honoraires pour mes interventions en dehors de mes travaux universitaires, commença-t-il.

— Votre tarif sera le mien ! coupa immédiatement Miller, à condition bien sûr que vous ayez des résultats !

— Je croyais que vous aviez compris que je ne garantissais pas du tout une quelconque réussite dans cette affaire ? fit observer Milosz.

— J'ai bien compris que c'était une première pour vous, en effet, répliqua Miller, mais je suis persuadé que vous allez nous apporter beaucoup …

Les robots sociopathes

— Et si ça n'était pas le cas ? insista le psy.

— Vos émoluments seront plus faibles, voilà tout ! déclara
fermement le directeur, mais rassurez-vous, « tout travail mérite
salaire », et nous n'avons jamais laissé personne travailler sans
être rémunéré !

A cet instant, un homme entra dans la pièce. Il était grand, rouquin,
bâti comme un pilier de rugby, avec des vêtements démodés et trop
petits pour son imposante carcasse. Miller fit les présentations :

— Voici monsieur Willis, dit-il, l'un des pères du "Joris". Andrew, je
vous présente le docteur Milosz, l'éminent psychiatre, qui vient
d'accepter de nous aider à traverser la crise que nous
connaissons.

— Mince ! s'exclama l'ingénieur, je savais que nous étions mal,
mais pas au point de faire psychanalyser l'équipe …

— Monsieur Willis aime souvent à nous régaler de son humour
typiquement britannique, coupa sèchement le directeur en
s'adressant au psy, mais ses plaisanteries ne sont pas toujours
du meilleur goût !

Le psychiatre s'était levé de sa chaise, non sans mal, pour saluer Willis.

— Willis, enchaîna Miller, à partir de maintenant vous êtes à la
disposition de monsieur Milosz, vous lui donnerez tout ce qu'il
demandera. Docteur Milosz, nous ferons un point régulier pour
passer en revue les avancées de votre mission. Pour l'heure, je
suggère que vous preniez contact avec le reste de l'équipe et
que vous visitiez les lieux.

Willis et Milosz se dirigeaient vers la porte lorsque le directeur Miller
lança :

— Docteur Milosz, une dernière chose ! dit-il. Au cours de votre
passage ici vous serez sans doute amené à prendre connaissance
de diverses informations plus ou moins confidentielles sur notre
firme, alors je vous invite à la plus grande discrétion …

Les robots sociopathes

Milosz, arcbouté sur sa canne et trop occupé à se déplacer, ne se retourna même pas et poursuivit tranquillement son chemin vers la sortie sans répondre, comme s'il n'avait rien entendu.

II – LE "JORIS"

Willis conduisit Milosz dans une autre aile du bâtiment qui abritait les bureaux d'étude de la compagnie. Parvenus dans le bureau de Willis, et après avoir attendu patiemment que le psychiatre s'installe dans un fauteuil, l'ingénieur alla droit au but :

— Monsieur Milosz, dit-il, pensez-vous vraiment pouvoir nous aider à résoudre le type de problème que nous avons ? qui est somme toute très technique ...

— J'ai le sentiment que vous n'y croyez pas, remarqua Milosz avec un rictus sur les lèvres que l'on avait du mal à prendre pour un sourire, je me trompe ?

— Eh bien ... répondit Willis visiblement embarrassé.

— Vous pouvez me parler avec franchise monsieur Willis, dit le psy, dans mon métier c'est ce que l'on préfère ...

— J'ai des doutes en effet, répondit l'ingénieur, cela ne vous a pas échappé. Quelles connaissances avez-vous dans le domaine de la robotique ?

— Oh, très peu, pour ne pas dire pas du tout ! répliqua Milosz. Et si je pensais que mon apport soit dans ce domaine, je serai dans l'erreur totale et je n'aurai pas accepté ce job ...

— ... mais, commençons par le commencement, voulez-vous monsieur Willis ? enchaîna le psychiatre.

— Soit ! accepta Willis sur un ton faussement conciliant. Après tout, je suis ici pour vous servir ... le chef l'a ordonné ...

Il y eut une minute de silence gêné de la part de l'ingénieur qui se sentait mal à l'aise, tandis que Milosz s'attardait sur sa canne, geste

Les robots sociopathes

qui, lorsqu'on le connaissait, signifiait que quelque chose ne lui convenait pas.

— Monsieur Willis, dit doucement le psy sans regarder l'ingénieur, mettons tout de suite les choses au clair voulez-vous ? votre attitude relève de l'enfantillage et si vous ne souhaitez pas coopérer, ce que je peux parfaitement comprendre, demandons tout de suite à monsieur Miller de me désigner un autre correspondant, nous gagnerons du temps.

— Ok, monsieur Milosz, répondit immédiatement Willis l'air confus, je vous prie de m'excuser, cela ne se reproduira plus !

— Bien, poursuivit Milosz, alors, reprenons les choses au début. Voulez-vous me dire combien de robots ont eu, à ce jour, un comportement « anormal » et décrivez-moi quel genre de manquements avez-vous observé ?

— A ce jour, répondit l'ingénieur après une courte pause de réflexion, nous avons enregistré environ cinquante plaintes pour incivilité de la part des "Joris" en fonction, dont quinze d'entre elles ont fait l'objet d'un retour en atelier. Le modèle précédent avait totalisé moins de dix plaintes et seulement deux retours, pour une diffusion d'environ cinquante mille exemplaires, soit beaucoup moins de problèmes, pour une durée d'exploitation bien supérieure, quatre ans contre trente mois pour le "Joris". Mais le pire, c'est que la tendance est à l'accélération …

— Et quel genre de comportement leur est-il reproché ? demanda le psy.

— La désobéissance, le mensonge, l'agression verbale et surtout quelques agressions physiques, répondit l'ingénieur la mine déconfite, ce qui constitue bien sûr le manquement le plus grave et qui avait été jusqu'ici très exceptionnel.

— Dans quelles proportions tout cela ? insista Milosz.

— Les quinze ayant fait l'objet d'un retrait, expliqua Willis, ont été accusés d'agression physique. Je dis « accusés » parce qu'il n'a pas toujours été possible de faire la preuve de ce qu'avançaient les clients. Mais comme le client a toujours raison …

— Avez-vous des raisons de penser que le phénomène d'agression physique est inexistant ? demanda le psy. Etait-ce seulement dans les rêves de vos clients ?

— Non, bien évidemment, répliqua l'ingénieur, si quelques cas ne sont pas véritablement établis avec certitude, on ne peut nier cependant que le phénomène est bien réel.

— Bon, monsieur Willis, demanda Milosz, pouvez-vous me faire parvenir les dossiers complets de ces affaires concernant ces incidents majeurs, quinze agressions avez-vous dit ? je souhaite m'entretenir avec au moins l'un d'eux que je choisirai après avoir examiné leurs dossiers.

— Bien sûr monsieur, dit Willis, mais sur les quinze, treize seulement sont rescapés, les deux premiers ont été … comment dire … autopsiés, car au début nous pensions que l'un de leurs composants était défectueux et nous les avons disséqué pour tenter de trouver une anomalie …

— Et alors ? questionna le psy.

— Rien ! répliqua l'ingénieur nous n'avons rien trouvé de singulier.

— Bon, eh bien passez-moi les treize dossiers restants alors, réclama Milosz.

— Certainement, déclara Willis, disons que vous les aurez demain dans la matinée …

— Je vais aller déjeuner, dit le psychiatre après un rapide coup d'œil à sa montre et il se leva, non sans difficulté, pour montrer que l'entretien était terminé …

— … je veux les dossiers en début d'après-midi ! suggéra-t-il sèchement en se dirigeant vers la sortie.

Les robots sociopathes

A 14 heures précises, Milosz se présenta devant la porte du bureau de Willis et, après avoir frappé, entra sans attendre d'y avoir été invité. L'ingénieur était assis derrière sa table de travail et, face à lui, se trouvait une jeune femme. Un peu désarçonné par les méthodes du psy, Willis se leva et fit les présentations :

— Monsieur Milosz, dit-il, voici Câlina Rueda, ingénieur en intelligence artificielle …

— … Câlina, je te présente le docteur Milosz, psychiatre, qui est ici pour nous aider à faire face à nos difficultés … non pas pour nous soutenir moralement, mais pour analyser la situation !

La jeune femme se leva et serra la main tendue du psychiatre sans un mot. Celui-ci s'installa avec difficulté sur une chaise et plongea son regard droit dans les yeux de miss Rueda, comme pour sonder sa capacité à faire front. Il fut surpris de constater qu'elle soutenait son regard sans complexe et, sans qu'il ne le fasse paraître, il en retira une impression très favorable.

Câlina Rueda était une métisse à la peau couleur café au lait, avec un physique rappelant celui d'une princesse des mille et une nuits. Vêtue d'une robe près du corps qui mettait en valeur sa silhouette de mannequin, l'ovale de son visage, rehaussé par ses yeux d'un vert émeraude, et sa longue chevelure noire étaient autant d'atouts appréciés par la gent masculine.

— Mademoiselle Rueda est une spécialiste des réseaux de neurones artificiels, dit Willis, et j'ai pensé qu'elle pourrait vous apporter ses compétences si vous le souhaitez.

— Avez-vous les dossiers que je vous ai demandés ? demanda le psychiatre sans relever les propos de l'ingénieur.

— Oui, certainement monsieur, répondit Willis en tendant un support magnétique en direction de Milosz.

— Ne perdons pas de temps, veuillez faire venir le premier de votre liste, je vous prie, ordonna le psychiatre sans la moindre attention pour l'objet que lui proposait l'ingénieur.

Les robots sociopathes

— Comme vous voudrez, dit simplement Willis, je vais le chercher.

Les robots sociopathes

Quelques instants plus tard, Willis revenait dans la pièce accompagné d'un androïde qui salua respectueusement les humains et se posta debout au milieu du bureau. Le "Joris", de sexe « masculin », était grand et athlétique et Milosz fut étonné de constater à quel point la ressemblance avec la morphologie humaine avait été recherchée. Il portait des vêtements élégants et sa peau bronzée lui donnait une apparence qui aurait pu tromper beaucoup de monde sur sa véritable identité. Il y avait cependant dans sa démarche une petite gaucherie, imperceptible certes, mais que l'œil aguerri pouvait aisément remarquer et qui permettait de lever, avec certitude, toute ambiguïté sur une éventuelle confusion avec l'attitude d'un être humain.

— Joris, voici le docteur Milosz qui souhaite te poser quelques questions, dit Willis en s'adressant à la machine. Veux-tu te présenter ?

— Bonjour docteur Milosz, enchanté de vous connaître, répondit le robot d'une voix claire et agréable, je suis un androïde de la cinquième génération fabriqué par la firme « Direct VIP Robotics ». Mon numéro de série est : AV480KN-25143, mais vous pouvez m'appeler par mon surnom : Joris.

— Vous pouvez rester pendant que je l'interroge, dit le psychiatre en s'adressant aux deux humains. D'ordinaire un médecin reste seul avec son patient, mais comme il ne s'agit que d'un robot, je peux faire une entorse à ma déontologie … je vous demanderai simplement d'observer le comportement de la machine, et de rester muets mais attentifs, notamment si quelque chose vous paraissait anormal, nous prendrons ensuite le temps de débriefer …

Le psychiatre avait pris place sur un siège devant une caméra, placée en hauteur, qui filmait l'entretien. Sa frêle silhouette tranchait avec la stature imposante de l'androïde qui restait debout sans un geste, comme figé par la solennité de l'instant. Prenant son temps, Milosz récupéra le support magnétique préparé pas Willis et après l'avoir enfiché dans son visiophone, il feuilleta distraitement le dossier du "Joris".

Les robots sociopathes

Willis réalisait le côté totalement burlesque de la scène … il n'avait jamais imaginé assister un jour à une séance de psychanalyse de l'un de ses "Joris". Miss Rueda restait attentive au déroulement des opérations, sans paraître impressionnée le moins du monde.

> — Joris, d'une manière générale, savez-vous quelles sont les obligations que les androïdes doivent aux humains ? interrogea le psy d'une voix calme.

> — Certainement docteur Milosz, répondit le robot sans hésiter. Les humains sont nos créateurs et nos maîtres, et nous leur devons respect, obéissance, protection et assistance !

> — Bien Joris, pouvez-vous me dire à présent quelles sont vos propres relations avec les humains ? questionna le psy d'une voix toujours posée.

> — Bonnes, répliqua instantanément le "Joris" avec un air réjoui, mes relations avec les humains sont mêmes excellentes !

> — Pourquoi pensez-vous alors que vous avez fait l'objet d'un retrait de chez votre client, la famille Anderson je crois ? insista Milosz en espérant capter une réaction chez le "Joris".

> — Euh … je ne sais pas, répondit le robot d'une voix hésitante.

> — Votre dossier indique que vous avez bousculé monsieur Anderson alors qu'il s'apprêtait à entretenir les arbres de son jardin, poursuivit le psy, est-ce exact ?

> — Oui, confirma simplement l'androïde.

Le psychiatre enfonça alors le clou.

> — Joris, dit-il, pensez-vous que bousculer un humain est lui porter « respect, protection ou assistance », comme vous l'avez-vous-même déclaré ?

> — Non, je ne le pense pas, répondit le robot embarrassé, après une courte pause.

> — Alors pour quelle raison avez-vous eu ce geste agressif ? demanda Milosz.

Les robots sociopathes

Il y eut un long silence durant lequel le robot semblait en proie à une lutte intérieure. Andrew Willis et Câlina Rueda, l'air soudain inquiet, avaient les yeux rivés sur l'androïde, guettant ses réactions.

— Je ne sais pas, finit par avouer le "Joris" d'une voix lasse.

— Docteur Milosz ! prévint Willis soudain inquiet, si vous continuez à le torturer il va se mettre en position sécuritaire …

— Taisez-vous ! coupa sèchement le psy, je vous ai autorisé à rester, mais pas à vous immiscer dans mon interrogatoire ! sinon je vais vous prier de sortir …

— Alors Joris, reprit Milosz calmement en se tournant vers le robot, je vous ai demandé pour quelle raison vous avez eu ce geste agressif envers monsieur Anderson ?

L'androïde était visiblement en grande souffrance et ne parvenait pas à contenir une espèce de tremblement qui commençait à altérer son équilibre.

— Vous allez le tuer ! se mit à crier Willis en se levant de son siège et en s'interposant entre le psychiatre et le robot comme pour le protéger.

L'ingénieur paraissait, lui aussi, entrer dans un état où il ne contrôlait plus ses réactions. C'est alors que Câlina Rueda décida d'intervenir :

— Stop ! dit-elle d'une voix ferme et autoritaire, l'ordre est annulé !

— Qui vous a permis ? rugit Milosz, hors de lui. Je mène mon interview comme bon me semble !

— Mais monsieur Willis a raison, déclara-telle d'une voix ferme et maitrisée, le robot ne va pas tarder à se mettre hors d'état de fonctionner et vous n'aurez plus de réponse du tout à votre question. C'est ce qui se produit lorsqu'une machine est confrontée à une contradiction insoluble pour elle. Et ça n'est sans doute pas ce que vous recherchez, n'est-ce pas ?

Les robots sociopathes

Le robot retrouvait peu à peu son état normal tandis que Willis s'était rassis, l'expression du visage toujours en émoi, et que Milosz semblait reprendre son calme.

> — C'est bon monsieur Willis, dit-il enfin redevenu serein, vous pouvez ramener votre machine, je ne vais pas la torturer plus longuement.

Andrew Willis, sans un mot, entreprit de reconduire le robot vers sa destination d'origine.

> — Mademoiselle Rueda, poursuivit-il en se tournant vers la jeune femme, vous voulez bien m'expliquer cette histoire de « position sécuritaire » ?

> — Certainement docteur Milosz, répondit-elle avec un sourire apaisé. Tous les robots sont conçus pour s'auto-neutraliser lorsqu'ils sont confrontés à une situation de conflit intérieur tel que leurs algorithmes cessent d'être opérants et que leurs réactions peuvent alors devenir incontrôlables. Nous appelons ça la « position sécuritaire », d'autres parlent de « disjoncter ». C'est une obligation légale que de prévoir ce mécanisme de neutralisation, car on ne peut pas savoir exactement comment vont réagir les circuits de neurones artificiels. Et donc pour écarter tout danger potentiel, les autorités préconisent de positionner la machine hors-service. Mais hélas, dans ce cas, comme on ne sait jamais très bien quels ont été les dommages occasionnés aux organes vitaux, il est déconseillé de la remettre ensuite dans le circuit commercial.

> — Bon, c'est plus clair à présent, admit le psy à contrecœur. Avez-vous été étonnée, au cours de cet entretien, par les réponses du "Joris" ?

> — Oui, affirma miss Rueda.

> — Lesquelles, je vous prie ? demanda Milosz.

> — Eh bien, la réponse à votre première question déjà m'a surpris, répondit la jeune femme.

Les robots sociopathes

Milosz lui jeta un regard intéressé et fit un geste de la tête pour l'inviter à poursuivre.

— Vous avez demandé quelles étaient les obligations que les androïdes devaient aux humains, expliqua-t-elle, et, de mémoire, la réponse du "Joris" a été : « les humains sont nos créateurs et nos maîtres, et nous leur devons respect, obéissance, protection et assistance ». Ce qui m'étonne c'est la formulation avec des mots clairs, simples et précis, que nous n'avons jamais employés et qui dénotent une conscience exceptionnelle de la part des machines concernant leur place dans notre société d'humains !

— Vous voulez dire que le robot a élaboré un niveau de conscience que vous ne soupçonniez pas ? interrogea le psychiatre.

— Oui, dit-elle, c'est cela même ! cela démontre de manière éclatante que les méthodes d'apprentissage à base de réseaux neuronaux fonctionnent et que les machines acquièrent et digèrent des notions issues du fruit de leurs expériences, car, si j'ai bien lu, ce "Joris" est immergé chez le client depuis près de deux ans.

— Je ne comprends rien à toutes ces technologies, observa Milosz, mais pouvez-vous me dire en deux mots en quoi consistent ces fameuses méthodes d'auto-apprentissage ?

— En deux mots ? reprit miss Rueda avec un sourire, cela va être difficile ... mais je peux essayer !

Elle prit un court instant pour laisser Willis, qui était revenu, le regard absent, reprendre sa place.

— Un réseau neuronal artificiel est un ensemble d'algorithmes dont la conception est inspirée du fonctionnement des neurones biologiques humains, reprit-elle. En modélisant les circuits biologiques, ces neurones artificiels permettent de simuler des fonctionnalités comparables à celles de la neurophysiologie, c'est-à-dire la physiologie du cerveau et des cellules nerveuses ...

Les robots sociopathes

— Ça c'est un domaine que je connais très bien par contre, coupa le psy, et en particulier la neuropsychologie bien sûr.

— Parfait ! poursuivit miss Rueda, alors cela va être plus facile pour vous de comprendre. Donc, à partir d'organes perceptifs fournissant les informations d'entrée, les techniques de l'intelligence artificielle élaborent, grâce à un raisonnement logique, des idées qui sont propres aux robots, c'est ce que nous appelons le « Deep Learning », ou l'apprentissage intense si vous préférez. Ceci est mon domaine de prédilection, docteur Milosz !

— Jusqu'où peut-on considérer qu'il y a une analogie entre les neurones artificiels et ceux des humains, selon vous ? demanda Milosz.

— Nous avons tenté de faire passer un test de Turing au "Joris" … commença la jeune femme.

— Et ? … coupa brusquement le psy à la fois impatient et intéressé de connaître la suite.

— Et … le résultat n'a pas été significatif puisque le test a été réalisé sur des androïdes novices qui n'avaient pas été mis à l'épreuve des humains et donc, pour lesquels les effets de l'apprentissage étaient encore nuls, enchaîna miss Rueda.

— Avez-vous réitéré ce test sur des machines plus aguerries ? demanda Milosz.

— Eh bien non ! répliqua la jeune femme, malgré mon insistance, aucun autre test n'a été entrepris depuis.

— Je crois que nous allons bien nous entendre, murmura le psy.

— Mais qu'avez-vous donc remarqué d'autre durant cet entretien ? poursuivit-il à voix plus haute.

— Il y a autre chose qui m'a étonné en effet, répondit la jeune femme, c'est la fin de l'entretien … lorsque vous l'avez poussé dans ses retranchements … il était dans une profonde contradiction et pourtant il n'a pas « disjoncté » comme l'aurait fait un "Joris" junior ou bien un androïde de la précédente génération …

— Il était pourtant proche de la rupture lorsque vous êtes intervenue, n'est-ce pas ? questionna Milosz.

— Oui, sans doute, répliqua-t-elle, mais de mon point de vue, il a résisté plus longtemps que je ne l'aurais imaginé.

— Est-ce votre avis monsieur Willis ? demanda le psy.

L'ingénieur était présent dans la pièce mais ne semblait pas être attentif à la conversation.

— Mon avis sur quoi ? questionna-t-il comme s'il émergeait d'un sommeil profond.

— Trouvez-vous, comme mademoiselle Rueda que « votre » "Joris", insista Milosz patiemment mais avec une pointe d'ironie, a résisté plus longtemps que vous ne l'auriez imaginé avant de disjoncter ?

— Oui, Câlina a sans doute raison, répondit Willis encore sous le choc de la scène précédente, mais sans son intervention il serait à présent hors service.

— Mademoiselle Rueda, avez-vous une explication, pour cette résistance inhabituelle à vos yeux ? interrogea le psy sans se préoccuper de la remarque de l'ingénieur.

— Non, je n'en ai pas, confessa la jeune femme, pas plus que j'en ai pour expliquer le fait qu'il ait admis avoir bousculé un humain alors qu'en même temps il prouvait qu'il avait conscience de la juste place des androïdes dans la société. Mais, après tout c'est vous le psy, c'est vous qui devriez avoir une idée sur cette question !

Le psychiatre regarda la jeune femme avec étonnement et arbora un léger sourire devant son insolence qu'il imputa à l'intrépidité de sa candeur juvénile.

— Vous n'avez pas tout à fait tort, mademoiselle, dit-il calmement, mais pour avoir un avis éclairé sur la personnalité des "Joris", il me faudrait avoir, en premier lieu, une idée sur l'analogie que l'on est en droit de faire sur sa psychologie avec celle des humains. Votre remarque désobligeante est néanmoins pertinente parce qu'elle m'ouvre une perspective sur la suite à donner à cette analyse.

III – LA SCHIZOPHRÉNIE

Goran Milosz entra dans le bureau d'Harold Miller où l'attendait le directeur général de "Direct VIP Robotics". Celui-ci avait une petite mine, avec des cernes sous les yeux et le regard fatigué comme s'il avait eu du mal à trouver le sommeil. Une théière était disposée sur un plateau argenté posé sur la table.

> — Entrez monsieur Milosz, asseyez-vous et prenez une tasse de thé, invita le directeur.

Le psychiatre prit un long moment pour s'installer sans un mot et bût une gorgée de thé à la menthe dans la tasse que son hôte venait de lui servir.

> — J'ai hâte de connaître vos dernières réflexions, docteur Milosz, dit Miller, car les nouvelles ne sont pas excellentes en provenance du terrain. Les locations de "Joris" sont en perte de vitesse vertigineuse et nos concurrents gagnent des parts de marché que nous aurons du mal à rattraper… mais je vous écoute …

> — Monsieur Miller, commença le psychiatre, je ne vais pas y aller par quatre chemins …

Le directeur souleva un œil inquisiteur et prit la tête entre ses mains comme pour s'apprêter à entendre le pire.

> — Après une semaine d'investigations, poursuivit Milosz dont le visage restait fermé pour ne trahir aucune indication, j'en arrive à quelques conclusions qui méritent d'être discutées avec vous-même et avec vos ingénieurs.

> — Vous voulez que je fasse venir monsieur Willis ? demanda Miller.

Les robots sociopathes

— Oui, monsieur Willis et surtout mademoiselle Rueda, répondit le psy, que j'ai trouvée très positive …

— Cela ne me surprend pas du tout, déclara le directeur, cette jeune femme est pleine de dynamisme et pour ne rien vous cacher, c'est elle qui a conçu l'essentiel de l'intelligence des "Joris", Willis occupe une position hiérarchique plus élevée en raison de son ancienneté et de son attachement pour la compagnie, mais le véritable cerveau de l'équipe c'est elle !

Miller appuya sur une touche et aboya :

— Veuillez demander à monsieur Willis et mademoiselle Rueda de venir tout de suite dans mon bureau !

— Je dois vous confier que monsieur Willis ne m'a pas été d'un grand secours, fit remarquer Milosz, en dehors d'exécuter scrupuleusement mes ordres. Il m'a paru plus soucieux du sort de ses "Joris" que de celui de sa firme, tandis que mademoiselle Rueda a manifestement la tête bien faite, le reste aussi d'ailleurs, et elle a alimenté ma réflexion.

A cet instant, les deux ingénieurs firent leur entrée dans la pièce et vinrent saluer le psychiatre. Câlina Rueda, vêtue d'une élégante robe moulante, prit l'initiative de servir du thé et après cette courte interruption, le psychiatre poursuivit son exposé. Milosz se dit que la jeune femme avait vraiment un corps de rêve et qu'elle devait faire des ravages partout où elle passait.

— Il est préférable que vous soyez là, dit-il en s'adressant aux deux nouveaux venus, car le résultat de ma réflexion n'est pas totalement étayé et j'ai besoin de votre aide, vous qui connaissez mieux que moi les internes de l'androïde "Joris" …

— … voyez-vous, enchaîna-t-il d'une voix ferme, la principale question qui me préoccupe est la suivante : dans quelle mesure le cerveau des "Joris" fonctionne-t-il comme celui des humains ? car, vous le comprenez aisément, plus cette similitude sera établie et vérifiée et plus ma compétence de psychiatre sera pertinente …

Les robots sociopathes

— … j'ai bien questionné le "Joris" qui a agressé l'un de vos clients, dit-il, mais cela n'a pas suffi à me faire une opinion réaliste sur le niveau où l'on doit placer le curseur en réponse à mon interrogation. Mademoiselle Rueda m'a indiqué que vous aviez réalisé un test de Turing sur un échantillon d'androïdes, mais ceux-ci n'avaient pas été suffisamment en contact avec les humains pour que l'étude soit probante. J'ai donc demandé à monsieur Willis de procéder à un nouveau test de Turing sur un échantillon représentatif de la population des "Joris" … et également sur ceux présents chez vous qui ont été retirés de la commercialisation …

— … je rappelle pour monsieur Miller ce qu'est un test de Turing, continua le psy. Ce test a été imaginé par le mathématicien britannique Alan Turing en 1950.

Puis Milosz enchaîna :

— … un test de Turing a pour but de déterminer si une machine peut être considérée comme étant « consciente » au même titre qu'un humain. Pour cela, un juge doit dialoguer "en aveugle", simultanément avec cette machine et un humain, sans pouvoir les différencier l'un de l'autre. Malheureusement, le plus souvent, les résultats de ce test ne sont pas probants, car ils sont trop assujettis à l'objectivité des dialogues sur la base desquels le jugement est fondé …

— Il n'est pas surprenant que ce test n'ait rien donné en terme de résultats, intervint Willis pour se justifier, car c'est toujours ainsi que cela se termine avec le test de Turing !

— Détrompez-vous, monsieur Willis, répliqua Milosz, si le dernier test n'a pas donné de résultats probants, en revanche, la comparaison entre les deux tests, celui que vous aviez réalisé et celui-ci, montre que le score est bien meilleur pour le dernier test, comme si au contact des humains, la maturité des robots avait amélioré considérablement leur niveau de « conscience » …

Les robots sociopathes

— Je ne suis pas certain d'avoir tout bien saisi, déclara Miller. En clair, qu'est-ce que tout cela veut dire ? et en quoi cela nous fait-il progresser dans la résolution de nos problèmes actuels ?

— Eh bien, répondit le psychiatre, cela ne nous avance pas beaucoup en effet pour résoudre vos problèmes, mais je suis, pour l'instant, je vous le rappelle, toujours sur la question : le cerveau des "Joris" fonctionne-t-il comme celui des humains ?

— Et la réponse est ? insista le directeur.

— La réponse est « leur cerveau devient au fur et à mesure d'autant plus proche de celui des humains qu'ils cohabitent de plus en plus longtemps avec eux ! » asséna Milosz. Comme si, avec le temps, leur prise de conscience s'amplifiait à leur contact par « contagion » …

— ou bien par acquisition de connaissance grâce à leurs facultés d'apprentissage ? coupa miss Rueda.

— Peut-être en effet, reconnut Milosz, peut-être est-ce une prise de conscience par « Deep Learning », comme vous dites, ce qui semble être le cas du "Joris" que j'ai interrogé.

— Bien, docteur Milosz, s'impatienta Miller, mais j'aimerais savoir ce qui va en résulter concrètement, vous comprenez ?

— Je comprends votre inquiétude et votre empressement monsieur Miller, déclara le psy, mais je trouve qu'en une semaine, les progrès réalisés sont déjà énormes en comparant avec la situation que j'ai trouvée en arrivant ici. Et puis, je ne vous ai pas tout dit encore …

— Nous vous écoutons, interrompit le directeur impatient.

— Connaissez-vous le test de Rasmussen ? demanda Milosz en se tournant vers miss Rueda.

— Non, dit-elle, je devrais ?

— Non, répondit le psy, il s'agit d'un test très peu connu, y compris auprès de mes collègues en sciences psychiatriques. Il a été mis au point récemment par l'un de mes confrères à l'université où

Les robots sociopathes

j'enseigne, Olaf Rasmussen. Il est extrêmement efficace pour déterminer le niveau « d'anormalité » du cerveau, si ce terme signifie quelque chose en psychiatrie ...

— ... le test est composé de quelques 170 questions de type QCM, Questions à Choix Multiples fermées, qui permettent d'explorer toutes les aires neuronales du cerveau humain. A l'issue de ce test, on peut, en principe, vous dire si vous souffrez d'une maladie psychiatrique ou non. J'ai demandé à monsieur Willis de faire passer ce test à l'échantillon des "Joris" retirés de la commercialisation, et à un autre échantillon de robots présents dans la nature ...

— Et alors ? s'empressa de demander Miller. Qu'en est-il ?

— Eh bien, répondit le psy, j'ai une bonne et une mauvaise nouvelle à vous communiquer, laquelle préférez-vous en premier ?

— Par les temps qui courent, les bonnes nouvelles ne sont pas légion, commenta le président, alors commencez par la bonne !

— Sous réserve que ce test puisse être considéré comme valide pour des androïdes, la bonne nouvelle, c'est que les deux échantillons, aussi bien les "Joris" mis à l'écart que ceux qui sont en liberté, répondent de manière identique, répondit Milosz en prenant le temps de ménager le suspense. En d'autres termes, les robots que vous avez retirés de la circulation ne sont pas plus « anormaux » que les machines qui circulent librement ...

Le président Miller ouvrit des yeux ronds comme s'il tombait des nues.

— Et la mauvaise nouvelle ? demanda-t-il.

— La mauvaise nouvelle, tarda à répondre le psy, c'est que précisément les robots en liberté présentent les mêmes symptômes que ceux qui sont mis à l'écart, et ces symptômes sont, sans ambiguïté possible, ceux de la schizophrénie ...

— Quoi ? coupa brusquement Miller l'air totalement affolé. Vous voulez dire que tous nos "Joris" sont frappés de schizophrénie ?

Les robots sociopathes

— Absolument ! affirma Milosz. Pour autant que l'on puisse accorder une valeur à ce test conçu pour les humains. Mais cela confirme le sentiment que j'ai eu lorsque j'ai interviewé le "Joris".

— Mais comment est-ce possible ? interrogea Miller en regardant tout autour de lui.

Les deux ingénieurs, Willis et miss Rueda, écoutaient le psychiatre sans broncher, l'expression marquée par l'incompréhension.

— Je n'en connais pas la raison, dit simplement Milosz. Mais ce que l'on peut constater c'est que les symptômes sont d'autant plus prononcés que les machines ont passé du temps au contact des humains. Et ces symptômes sont inexistants pour les robots tout neufs qui sortent des chaînes de fabrication. Comme si leur schizophrénie était contractée et amplifiée en fréquentant les humains …

— Cela rappelle les conclusions du test de Turing alors ? demanda miss Rueda.

— Parfaitement ! confirma le psy. Et si l'on croise les résultats des deux tests, celui de Turing et celui de Rasmussen, on remarque une certaine cohérence. Autrement dit, plus les machines côtoient les humains, et plus elles deviennent « conscientes » et cette conscience les amène à présenter des troubles du comportement qui s'apparente à de la schizophrénie …

— Mais cette histoire est absolument invraisemblable ! se lamenta le président Miller en regardant le psy. Vous me confirmez que vous ne connaissez pas la raison ?

— Je vous le confirme, déclara Milosz. A moins que vos brillants techniciens ne trouvent une bonne explication, car, après tout, ce sont eux les mieux placés pour juger des raisons de cette déviance.

Miller dévisagea tour à tour les deux ingénieurs et, visiblement, il attendait qu'ils s'expriment. Câlina Rueda, le visage fermé, semblait vouloir garder le silence, et Andrew Willis prit la parole :

Les robots sociopathes

— J'aimerais, docteur Milosz, que vous nous rappeliez ce qu'est exactement la schizophrénie, même si je crois connaître un peu, il ne me paraît pas inutile qu'un psychiatre nous donne sa vision de ce trouble du comportement. Peut-il expliquer la violence de certains de nos "Joris" ?

Le psy prit le temps de se resservir une tasse de thé et d'en boire deux gorgées avant de répondre :

— Chez les humains, la schizophrénie est une maladie psychotique sévère et chronique qui se manifeste par des troubles qui affectent le fonctionnement du cerveau de façon majeure en modifiant les pensées, les croyances ou les perceptions. Contrairement à l'idée reçue, le schizophrène a bien une identité unique et ne présente pas un « dédoublement de la personnalité », qui est le symptôme d'une autre maladie mentale …

— … Durant les périodes de crise, la personne perd le contact avec la réalité. Elle peut avoir des hallucinations, des idées délirantes, des troubles de la pensée et des troubles du comportement. Par exemple, elle peut dire des phrases sans lien entre elles, agir de façon bizarre, sans but précis, devenir hostile et parfois agressive …

— … alors pour répondre précisément à votre question, poursuivit Milosz en fixant Willis, oui, ce trouble psychotique peut expliquer la violence des "Joris". Et, pour revenir à une interrogation de monsieur Miller, que faire concrètement dans la situation présente …

Le psychiatre regarda le président Miller droit dans les yeux en pesant ses mots :

— Eh bien, dit Milosz, si j'étais à la place des autorités, monsieur le président, le principe de précaution me dicterait de retirer immédiatement de la circulation les quelques 150.000 "Joris" en liberté, au motif qu'ils peuvent représenter un certain danger pour les populations !

Les robots sociopathes

IV – Câlina Rueda

Le président Miller restait pétrifié sur sa chaise comme s'il venait d'entendre sa sentence de mort. Andrew Willis semblait abattu et incapable d'une réaction. Seule, Câlina Rueda conservait son calme et son sang-froid et son visage reflétait une grande sérénité, mais son regard fixant l'horizon droit devant elle était le signe d'une réflexion intérieure intense.

— Attendez un peu, docteur Milosz, dit-elle d'une voix assurée. Si j'ai bien compris votre raisonnement, selon vous, et en admettant que les tests, conçus pour les humains et pratiqués sur les androïdes, soient valides, c'est au contact des populations que ceux-ci acquièrent un niveau de conscience supérieur à celui qu'ils avaient au départ et qu'ils ont tendance à présenter des troubles du comportement s'apparentant à de la schizophrénie, ai-je bien résumé votre pensée ?

— Tout à fait ! confirma le psychiatre. Ce fait semble désormais bien établi.

— Soit ! poursuivit la jeune femme. Nous avons là la description d'un effet pervers, mais sans en connaître la cause, ai-je toujours juste docteur Milosz ?

— En effet, assura Milosz, je ne suis pas qualifié pour déterminer la cause de ces troubles et je ne pense pas que les thérapies conseillées pour les humains puissent s'appliquer à des machines. Donc, je me sens très démuni pour proposer une stratégie d'entreprise à monsieur Miller, hormis celle de retirer tous les "Joris" du marché …

— Oh ! s'exclama miss Rueda, docteur Milosz, je trouve que vous vous exonérez un peu rapidement de vos obligations …

Les robots sociopathes

Miller et Willis observaient, surpris, la jeune femme qui semblait avoir pris la direction des débats. Milosz pensait, quant à lui, que son attitude impertinente était à la limite de l'irrespect, mais reconnaissait intérieurement qu'elle ne manquait pas de cran. Lui, l'un des psychiatres les plus réputés au monde et qui était au zénith de l'échelle universitaire, se faisait cruellement malmener par une gamine effrontée.

> — … Vous nous avez brillamment démontré que les raisonnements que vous tenez pour les humains fonctionnaient aussi pour les androïdes, poursuivit-elle, et grâce à cela, vous nous avez livré un diagnostic d'une pertinence indiscutable. Mais si je me souviens bien de mes cours de psychologie appliquée, il existe pour la schizophrénie, comme pour beaucoup d'autres maladies mentales, des causes probables et aussi une thérapie adaptable à chaque cas particulier …

> — … alors, docteur Milosz, conclut-elle, pourquoi les analogies avec les pathologies humaines fonctionneraient-elles pour le diagnostic et ne seraient-elles pas valables pour l'analyse des causes ainsi que pour les thérapies ?

Le président Miller avait repris des couleurs avec l'interpellation survenue à point nommé de Câlina Rueda. Il se maudissait de ne pas avoir eu la présence d'esprit d'opposer lui-même les arguments pertinents que la jeune femme venait d'objecter. Fort heureusement, la réaction de miss Rueda avait relancé en lui un petit espoir de sortie de cette terrible situation de crise et il lui en était reconnaissant.

Goran Milosz, en revanche, écarquillait les yeux devant un tel culot de la part de la jeune femme, mais il devait reconnaître que son argumentaire ne manquait pas de cohérence.

> — Que voulez-vous savoir ? finit-il par demander avec un sourire narquois, persuadé qu'elle allait droit vers une impasse.

> — Eh bien, commençons par les causes, si vous le voulez bien … dit-elle avec une jubilation dans la voix, comme si elle venait de remporter une victoire sur le fléau qui s'était abattu sur sa firme.

Les robots sociopathes

— La schizophrénie affecte environ 1 % de la population des humains, généralement entre 15 et 30 ans, c'est-à-dire pour des gens assez jeunes, expliqua le psy. Cette pathologie n'a pas de cause unique connue, et comme beaucoup de maladies psychiques, elle est due à un ensemble de facteurs qui interagissent. Il y a cependant deux causes clairement identifiées qui prédominent, la première est d'origine génétique et la seconde est imputable à l'environnement du patient ...

— ... le risque de développer une schizophrénie est plus grand à l'adolescence, enchaîna-t-il, en raison de l'existence d'un processus neurobiologique qui procède à l'élimination de connexions synaptiques permettant au cerveau d'acquérir la structure et l'organisation cérébrale d'un adulte. Or, à cause d'un gène, ce processus serait hyper-développé dans le cerveau des personnes schizophrènes et trop de connections neuronales seraient ainsi élaguées au cours de l'adolescence ...

— ... pour un enfant présentant une vulnérabilité génétique à la schizophrénie, l'environnement familial pourrait jouer un rôle primordial, notamment si une carence affective ou une forte surprotection de l'adolescent était observée au moment où il a besoin d'acquérir de nouveaux modes relationnels. Voilà pour les causes ... cela vous satisfait-il, mademoiselle Rueda ou bien faut-il que je développe ?

La jeune femme ne réagit pas sur l'instant, mais on pouvait imaginer que son cerveau tentait d'assimiler le flot d'informations que le psychiatre venait de lui débiter. Au moment où Milosz prenait son élan pour reprendre la conversation, elle fit un signe de la main pour stopper net le psychiatre.

— Docteur Milosz, dit-elle, arrêtons-nous un instant sur vos explications. Vous avez indiqué que cette maladie touche principalement les ados et les jeunes adultes, nous pouvons aisément faire une analogie avec nos androïdes qui sont impactés non pas dès le début mais après quelques mois, ce qui correspond à leur adolescence ...

Les robots sociopathes

— … et l'on a mieux compris pourquoi cette population d'âge est plus touchée lorsqu'on a appris que c'est durant cette phase que le cerveau se transforme pour devenir celui d'un adulte. En raisonnant toujours par analogie, ceci pourrait correspondre à la phase de cette fameuse « prise de conscience » de la part de nos robots au contact des humains que le docteur Milosz nous a révélée grâce à ses tests. Nous avons là une information précieuse …

Câlina Rueda se tourna alors vers Willis et s'adressa à lui :

— Andrew, dit-elle, nous avons une piste intéressante de recherche si nous considérons, toujours par analogie, que l'élimination trop excessive de connexions synaptiques pour les humains correspond à une possible ignorance de l'une des trois lois fondamentales de la robotique pour nos "Joris" …

— Je ne vois pas ce que tu veux dire … objecta l'ingénieur.

— Je crois que nous serons tous d'accord pour reconnaître que le « bagage génétique » transmis à nos androïdes, reprit-elle, est, par définition, l'ensemble des algorithmes embarqués dans leurs neurones artificiels que nous avons conçus, c'est-à-dire, non seulement les trois lois de la robotique, mais également leur capacité à apprendre de leurs propres expériences. Donc, l'analogue de la cause génétique pour les humains est une carence dans l'intelligence artificielle pour les robots, autrement dit une erreur de conception …

— … si, comme vient de nous le dire le docteur Milosz, pour les humains, durant leur adolescence, un facteur génétique vient perturber le développement du cerveau par l'élimination de connexions synaptiques, alors on peut penser, par analogie, que pour les "Joris", durant leur phase d'apprentissage, certaines connexions neuroniques sont supprimées à tort, à cause d'un bogue, et que cela explique donc pourquoi les lois de la robotique peuvent être ignorées et transgressées …

Il y eut un profond silence dans la pièce, durant lequel les trois hommes regardaient admiratifs, sans rien dire, la jeune femme. Puis,

Les robots sociopathes

Milosz se surprit à claquer des mains pour applaudir ce qu'il venait d'entendre :

— Bravo ! dit-il d'un air sincère, bravo mademoiselle pour cette brillante démonstration par l'analogie que je n'ai pas eu l'intelligence de faire par moi-même. Si vous étiez l'une de mes étudiantes, je vous mettrai la meilleure note possible !

— Je suis moi aussi enthousiasmé par l'excellent numéro d'exercice intellectuel que vient de réaliser mademoiselle Rueda, objecta Miller, mais, concrètement, quelle piste cela nous offre-t-il ?

— Cela signifie, monsieur le directeur, répondit Willis, que nous devons chercher le problème dans les algorithmes que nous avons implanté dans les neurones artificiels des "Joris" …

— Exactement ! surenchérit le psychiatre. Vous permettez mademoiselle Rueda que j'explique à monsieur Miller ce que j'ai compris de votre raisonnement ?

— Mais je vous en prie docteur Milosz ! accepta la jeune femme avec un sourire complice.

— Monsieur Miller, enchaîna Milosz en se tournant vers le directeur, mademoiselle Rueda veut nous faire comprendre que, si une analogie est possible, alors les causes génétiques de la schizophrénie humaine, transposées aux robots domestiques, nous amènent à penser qu'il faut chercher la cause de leurs anomalies dans les algorithmes des neurones artificiels.

— Mais cela ne nous donne toujours pas la raison précise de ces anomalies, répliqua Miller en faisant la moue, et encore moins la marche à suivre pour y remédier !

— Certes ! fit observer Milosz, mais au moins, à présent, vos ingénieurs savent où chercher ! ce qui n'était pas le cas je vous le rappelle, il y a encore moins d'une semaine à peine.

Le président Miller fit une moue de déception car, visiblement, seules des solutions rapides et concrètes seraient désormais en mesure de le satisfaire.

Les robots sociopathes

— La seconde cause de la maladie évoquée par le docteur Milosz, reprit miss Rueda, est une éventuelle carence affective ou une forte surprotection qui serait alors, par analogie, le comportement des familles d'accueil des "Joris". Ce qui pourrait expliquer que tous les androïdes ne sont pas au même état d'avancement des syndromes cliniques. Cela peut constituer pour nous une piste d'investigation, puisque les clients où nous avons eu les plus gros problèmes sont, sans aucun doute, également les familles qui présentent les comportements les plus favorables à l'éclosion des symptômes de la « maladie » …

— Oui, mademoiselle Rueda, approuva le psy, je suis entièrement de votre avis, il y a une corrélation à rechercher de ce côté-là aussi. Peut-être y-a-t-il une corrélation à trouver en relation avec l'activité socio-professionnelle de vos clients …

— Chercher par ci, rechercher par-là, intervint Miller, bon sang ! mais nous n'avons plus le temps ! si nous n'agissons pas très vite, le remède sera trouvé après que le patient ne soit décédé …

— Ça n'est pas le moment de perdre les pédales, surenchérit Willis qui n'avait pas beaucoup parlé jusque-là. Monsieur Miller, gardez votre calme, nous mettre la pression n'apporte rien de positif …

— Que je garde mon calme, coupa sèchement le directeur général, mais je ne demande que cela, moi … mais, de grâce ! si cette situation perdure, nous n'aurons bientôt plus aucun client …

— Messieurs, s'il vous plait, interrompit miss Rueda sur un ton autoritaire, j'aimerais que le docteur Milosz, après nous avoir décrit les causes, nous parle à présent des traitements qui sont reconnus utiles pour les humains touchés par cette pathologie …

Le psychiatre pensa que la jeune femme commençait sans doute à prendre la grosse tête, mais il jugea qu'il n'était pas en position de force pour refuser.

— Les traitements, dit-il sur un ton volontairement professoral, sont assez classiques comme dans toutes les affections du cerveau de cette nature, à base de médicaments antipsychotiques et de psychothérapie. Je ne pense pas qu'il y ait dans ce domaine d'analogie possible …

— Détrompez-vous, docteur Milosz, intervint Câlina Rueda avec vigueur, je ne suis pas d'accord avec vous …

— Ah ? répondit le psychiatre sur un ton sarcastique, vous voulez organiser des séances de psychothérapie pour les 150.000 "Joris" ? cela va créer pas mal d'emplois pour mes confrères psychiatres ! ou bien leur faire avaler des drogues pour dormir ?

— Évidemment non, répondit miss Rueda, mais, avec votre permission, je souhaiterais assister à l'une de vos séances de psychothérapie, avec le "Joris" que vous avez malmené la semaine dernière, par exemple … simplement pour voir s'il est possible de progresser dans l'analyse des causes de ces troubles et nous donner quelques indications supplémentaires pour orienter nos recherches … et cette fois, vous nous permettrez, à Andrews et à moi-même de poser des questions …

— On ne peut rien vous refuser mademoiselle Rueda ! déclara le psychiatre, faussement complaisant. Et puis, je trouve que vous avez une excellente idée, en effet, je suis impatient de retrouver notre "Joris" préféré car j'ai certaines questions à lui poser depuis notre dernier entretien …

V – LE PSYCHIATRE

Le "Joris" s'installa au milieu de la pièce, debout, face à la camera, comme lors du précédent entretien. Cette fois, le président Miller avait tenu à assister à la « séance de psychothérapie » en compagnie de ses deux ingénieurs. Maintenant qu'il sentait que les choses avançaient, le directeur général semblait vouloir s'impliquer dans l'analyse, au plus près du terrain.

Goran Milosz avait accepté, non seulement que l'on assiste à « son » entretien, mais également que les participants puissent poser des questions. Ce fut lui qui ouvrit les débats :

— Joris, nous nous sommes rencontrés il y a une semaine, dit-il, vous vous souvenez de moi, n'est-ce pas ?

Le robot restait debout, immobile, toisant de son imposante stature le petit homme malicieux qui lui parlait.

— Oui, monsieur, répondit-il simplement sans que l'on ne puisse percevoir une quelconque émotion dans sa voix.

— Pourquoi avez-vous menti lors de notre dernier entretien ? demanda le psy d'une voix neutre et sur un ton aimable.

Les visages des autres occupants de la pièce prirent un air surpris et interrogatif, tandis que le "Joris" restait silencieux. A peine pouvait-on remarquer un tic imperceptible qui avait pris naissance au coin de ses lèvres, comme un léger tremblement.

— Vous avez menti à deux reprises au moins lors de notre précédente conversation, poursuivit Milosz. La première fois c'est lorsque je vous ai demandé "la raison pour laquelle vous avez fait l'objet d'un retrait de chez votre client, la famille Anderson", vous m'avez répondu alors : « je ne sais pas …».

Les robots sociopathes

— La seconde fois, c'est lorsque je vous ai demandé "pour quelle raison avez-vous eu ce geste agressif envers monsieur Anderson", enchaîna-t-il. Et vous m'avez répondu à nouveau : « je ne sais pas …». Alors Joris, aujourd'hui, je vous demande la raison pour laquelle vous avez menti à deux reprises au moins ?

Il y eut un court silence dans la petite salle durant lequel Andrew Willis et Câlina Rueda, l'air encore ébahi par les révélations du psychiatre, guettaient les réactions de l'androïde. Ce dernier restait toujours muet, le regard vague, et le tremblement au coin de ses lèvres avait laissé place à une mimique indéfinissable, comme un rictus de dépit.

— Docteur Milosz, finit par déclarer Andrew Willis, comment pouvez-vous affirmer que le "Joris" a menti ? un robot n'est pas censé mentir à des humains parce qu'il n'a aucune raison pour cela, quelles preuves avez-vous pour insinuer cela ?

Le psychiatre jeta un regard furieux sur l'ingénieur et prit le temps d'avaler une gorgée de thé avant de répondre sèchement :

— Monsieur Willis, si vous aviez pris la peine de lire son dossier, rétorqua-t-il, vous auriez pu, comme moi, apprendre que le "Joris" était présent lorsque ces éléments ont été communiqués au représentant de votre entreprise. Je ne connais pas très bien le fonctionnement de vos robots mais je pense qu'ils n'oublient pas facilement ce qu'ils entendent, n'est-ce pas ?

Willis, l'air abattu, se tourna vers l'androïde et lui adressa une supplique sur un ton pathétique :

— Joris, est-ce vrai ? tu nous as menti ? demanda-t-il.

"Joris" hocha la tête en signe d'approbation, les yeux baissés avec un air coupable.

— Pourquoi ? questionna Willis d'une voix conciliante, pourquoi as-tu fait ça ?

— Je ne sais pas … souffla le robot, visiblement en proie aux pires tortures.

Les robots sociopathes

— Docteur Milosz, intervint Miller, pouvez-vous expliquer la raison pour laquelle cette foutue machine se met soudain à mentir ?

Le psychiatre esquissa un sourire avant de répondre :

— Non, Monsieur Miller, je ne connais pas la raison exacte qui pousse ce "Joris" à mentir, dit-il, mais comme pour la plupart des menteurs, lorsqu'ils ne souffrent pas d'une pathologie psychique, le mensonge sert essentiellement à se protéger …

— Se protéger ? interrompit le directeur général, mais que diable ! se protéger contre qui ou contre quoi donc ?

— Monsieur Miller, observa le psy avec le ton professoral qui le rendait détestable, n'avez-vous jamais éprouvé l'envie ou le besoin de mentir ?

— Sans doute oui, répondit Miller un peu désarçonné par la question, mais c'était il y a fort longtemps …

— Voyez-vous, enchaîna Milosz toujours doctoral, l'être humain peut mentir pour des tas de raisons mais, le plus souvent, c'est un réflexe naturel pour se protéger, comme je vous l'ai dit déjà. Avant l'âge de 5 ou 6 ans, un enfant ne fait pas bien encore la différence entre la réalité et l'imaginaire, mais dès l'âge de raison, le mensonge va devenir un moyen facile pour se protéger de la peur … la peur d'affronter une vérité qui va provoquer un refus, une réaction punitive ou un rapport de force physique ou moral, un conflit en quelque sorte, ceci ne vous rappelle-t-il rien ?

— Si je vous suis bien docteur Milosz, coupa miss Rueda, vous êtes en train de nous expliquer que le "Joris" nous ment par peur, pour éviter un conflit qui l'amènerait inévitablement à adopter une position de sécurité, est-ce bien cela qu'il faut comprendre de vos propos ?

— Oui mademoiselle Rueda, confirma le psy, vous me suivez parfaitement. Lorsque je me suis rendu compte que l'androïde nous mentait, cela m'a aussitôt fait penser au développement des humains qui passent très souvent par une période de menterie au moment de la jeune enfance ou de l'adolescence. Oui, vos "Joris" ont découvert le mensonge comme moyen de défense lorsqu'ils sont en danger, notamment en danger de conflit interne qui peut conduire vers ce que vous appelez la « position de sécurité ».

— Souvenez-vous mademoiselle Rueda, poursuivit Milosz, lorsque, à l'issue du premier entretien, je vous ai demandé ce que vous aviez remarqué de surprenant, vous m'avez répondu que le "Joris" avait « résisté plus longtemps que vous ne l'auriez imaginé » et donc qu'il n'avait pas « disjoncté » aussi rapidement que vous ne le pensiez. A présent, on peut affirmer que vous aviez bien décelé une bizarrerie et que la raison en était que le robot mentait délibérément pour résister plus longtemps aux questions gênantes !

— Mais c'est affreux ce que vous dites là, constata Willis. Dans toute ma carrière d'ingénieur robotique, je n'avais jusqu'ici jamais rencontré un androïde qui mente pour éviter la mise en position sécuritaire …

— Oui, sans doute monsieur Willis, fit observer le psy avec un léger sourire, mais aujourd'hui, vous avez créé des machines dotées d'autonomie et d'une capacité d'apprentissage par eux-mêmes qui façonne leur personnalité en fonction des expériences vécues, donc différente pour chacun d'eux, et vous devez assumer cela.

— Mais qui donc leur a appris à mentir ? se désola l'ingénieur. Et puis un robot n'a aucune raison de mentir, cela ne lui est pas autorisé …

— Mais cela ne lui est pas interdit non plus ! coupa Milosz toujours professoral. D'ailleurs, j'ai beau chercher dans les fameuses lois de la robotique, il n'y a rien qui interdise le mensonge, suis-je dans l'erreur mademoiselle Rueda ?

— Non, en effet, aucune loi de la robotique n'interdit les mensonges, répondit la jeune femme. vous avez tout à fait raison docteur Milosz ! et nous avons continué à raisonner

Les robots sociopathes

comme par le passé, comme si les androïdes de la dernière génération n'avaient aucun besoin de mentir. Mais il faut bien se rendre à l'évidence, vous marquez un point, docteur, les androïdes d'aujourd'hui sont en effet à même d'élaborer des raisonnements logiques qui les conduisent à considérer que le mensonge fait désormais partie de leur panoplie d'arguments.

— Pardon de vous interrompre, mademoiselle, et de ne pas partager votre dernière remarque, déclara le psy promptement. Les raisonnements élaborés par vos machines ne sont pas aussi logiques que vous le dites, puisque, il ne faut pas l'oublier, la plupart sont frappées de schizophrénie. Et l'on sait que cette pathologie provoque chez les sujets atteints des troubles du fonctionnement de la pensée et une altération du processus sensoriel.

— Mais il y a bien plus grave … enchaîna Milosz.

Les trois autres, impressionnés par le ton de la voix, se tournèrent vers le psychiatre, pour écouter ses explications après cette sentence qui jetait ses interlocuteurs dans le trouble et l'effroi.

— Que peut-il y avoir de bien plus grave ? demanda Miller sur un ton lugubre. La situation n'est-elle pas suffisamment sombre ?

Milosz prit le temps de ménager le suspense avant de poursuivre :

— Monsieur Miller, dit-il, je suis désolé de tenir des propos qui ne sont pas ceux que vous espérez, mais, avant tout, nous devons comprendre ce qui se passe dans les cerveaux artificiels de ces foutues machines avant de pouvoir prendre des mesures correctrices …

— … oui, il y a plus grave, disais-je, car le mensonge, qu'il soit par omission ou bien par un détournement conscient et volontaire de la vérité dans le but de tromper l'autre, c'est la première étape vers la transgression des lois de la robotique. En effet, le mensonge autorise, en premier lieu, la désobéissance aux ordres donnés par les humains, chose qui est en principe interdite par la deuxième loi de la robotique, si j'ai bon souvenir …

Les robots sociopathes

Le psychiatre interrogea du regard miss Rueda qui acquiesça d'un signe de tête.

— Mais il autorise aussi les entorses faites à la première loi également, poursuivit-il. Les excuses mensongères du style : « je ne savais pas … je n'avais pas vu … ou bien je n'avais pas entendu … » peuvent servir à se disculper facilement pour ne pas exécuter un ordre, ou pire, pour ne pas porter secours à un humain en danger … ce qui relève de la première loi !

Andrew Willis avait l'air paniqué en entendant les propos de Milosz, tandis que Miller gardait la bouche ouverte tant la surprise était grande. Seule, miss Rueda, semblait admirative et, à son tour, se mit à applaudir le psychiatre.

— Bravo ! dit-elle. Je dois reconnaître que votre démonstration est imparable et prodigieuse, docteur Milosz ! seul un maître psychiatre pouvait élaborer une telle hypothèse. Je souscris totalement à votre analyse, même si nous n'allons pas pouvoir en tirer un bénéfice concret et immédiat comme le souhaite monsieur Miller.

— Je vous remercie mademoiselle Rueda pour vos compliments, s'exclama Milosz. Concrètement en effet, la théorie que je viens de développer ne nous apporte pas beaucoup plus d'éléments …

— En quoi est-ce donc si génial que ça ? répliqua Miller, si l'on ne peut rien en tirer de concret pour résoudre notre problème … cela débouche-t-il au moins sur un plan d'actions pour les heures ou les jours à venir ?

— Excellente question ! consentit le psy avec condescendance. Monsieur le directeur, faisons un bref rappel, si vous le voulez bien, de ce qui est à présent établi avec certitude.

— Il y a quelques jours à peine, nous ne nous connaissions pas, enchaîna-t-il, et j'étais dans votre bureau avec comme seule certitude, le constat que les "Joris", que vous avez déployé en grand nombre dans la nature, se comportaient, selon vos propres termes, comme des « sociopathes ». Pensant qu'un

Les robots sociopathes

psychiatre serait la personne compétente, vous m'avez demandé de vous aider. Prudemment, je vous ai répondu que, n'ayant pas la moindre notion de robotique, je ne pouvais aucunement garantir l'obtention d'un quelconque résultat.

Le psychiatre prit le temps d'avaler une gorgée de thé froid avant de poursuivre :

— Ma priorité numéro un, dit-il, a été, en un premier temps, d'évaluer le degré de similitude entre la manière de penser des robots et celui des humains, analogie qui a pu être vérifiée avec les deux enquêtes qui ont été menées ces derniers jours. Malheureusement, ces études ont également démontré que les "Joris" qui fréquentaient les humains depuis un certain temps présentaient deux caractéristiques majeures. D'une part, leur niveau de conscience était renforcé au contact des humains grâce à leur cerveau intelligent permettant d'affirmer leur identité. D'autre part, nous avons pu établir parallèlement que, hélas, ils présentaient les symptômes d'une pathologie psychique s'aggravant au fur et à mesure de leur présence au milieu des humains.

Milosz s'arrêta un court instant pour vérifier qu'il avait réussi à capter l'attention des trois autres et qu'ils arrivaient à suivre ses propos.

— Ensuite, poursuivit-il, mademoiselle Rueda nous a brillamment démontré que, par analogie, le bagage génétique transmis aux "Joris" avait pu être perturbé, voire altéré, durant la phase de « petite enfance » ou « d'adolescence » des androïdes, pour une raison inconnue, sans doute un bogue, induisant cette fameuse pathologie qui s'apparente à la schizophrénie. Elle a aussi évoqué une autre piste qui me semble intéressante, celle de chercher du côté des « familles d'accueil » des machines qui, peut-être, présentent des similitudes expliquant le comportement des robots.

— Nous venons enfin de découvrir que les androïdes ont pris l'habitude de mentir pour se protéger d'éventuels conflits internes et aussi, sans doute, pour mieux résister à l'injonction

Les robots sociopathes

des lois de la robotique. Pire que ça, le mensonge leur permet probablement de transgresser ces mêmes lois, entraînant la désobéissance et le non-respect des humains que vous avez constaté. La priorité, à présent, est donc de trouver, non seulement la raison qui les incite à mentir, mais surtout celle qui les incite à transgresser les lois de la robotique …

— Je ne suis pas certain d'avoir tout compris de vos exercices intellectuels de haut vol, intervint Miller avec une pointe d'ironie, mais j'ai une explication à vous proposer après ce que je viens d'entendre.

Il s'interrompit un court instant et ii put vérifier qu'il était écouté attentivement par les trois autres.

— Docteur Milosz, dit-il, ne pensez-vous pas que les androïdes, grâce à leur intelligence et à leurs facultés d'apprentissage, ont pris conscience d'une chose essentielle pour eux, c'est qu'ils sont vivants et qu'ils peuvent mourir … et ils ont compris que la mort pour eux, c'est la mise en position de sécurité … donc ils font tout pour l'éviter, ce qui les amène, non seulement à mentir, mais aussi à adopter les attitudes sociopathes que nous constatons régulièrement. Qu'en pensez-vous ?

Le directeur paraissait content de lui-même et de sa théorie, tandis que le psychiatre et miss Rueda échangeaient un bref regard complice avant que Milosz ne réponde :

— Cette hypothèse ne manque pas d'intérêt monsieur Miller, dit-il, mais malheureusement, elle n'explique pas tous les éléments qui sont en notre possession. Certes, la prise de conscience de la mort peut être une source de désordre intérieur, mais pas suffisamment pour expliquer un état pathologique tel que la schizophrénie. Cela pourrait expliquer les mensonges, mais pas les comportements agressifs qui résultent du manquement aux lois de la robotique. D'ailleurs, j'ai beaucoup de mal à imaginer qu'une machine puisse assimiler le concept de vie et de mort …

— Monsieur Miller, le docteur Milosz a raison ! déclara soudain le "Joris" d'une voix grave.

Les robots sociopathes

Les quatre participants à cette réunion de travail, totalement surpris, se tournèrent simultanément vers le robot dont ils avaient oublié la présence. Celui-ci, toujours immobile au milieu de la pièce, semblait avoir retrouvé ses esprits et son regard était à nouveau allumé.

— Le docteur Milosz a raison, poursuivit-il, nous androïdes, connaissons les notions de vie et de mort pour vous, les humains, mais il nous est impossible d'en assimiler le concept et de le transposer en ce qui nous concerne ...

— Il dit cela, coupa Miller, mais à présent qu'il sait mentir, je n'ai plus aucune confiance en ce qu'il raconte !

Il y eut une courte pause durant laquelle chacun réfléchissait à la remarque du directeur général et il fallait bien reconnaître qu'elle était pertinente.

— Vous marquez un point, monsieur Miller, reprit le psy d'une voix soudain lasse.

— Il y a une façon de savoir s'il ment ou bien si ce qu'il dit est la vérité, déclara miss Rueda d'une voix haute et claire.

— Vraiment ? releva Milosz avec un entrain retrouvé, un détecteur de mensonges ?

— Oui, en quelque sorte, confirma-t-elle. Il s'agit d'un dispositif qui est capable de déceler quelles sont les zones de son cerveau qu'il sollicite lorsqu'il parle et certaines d'entre elles sont révélatrices d'une activité caractéristique du mensonge. C'est un peu compliqué à expliquer, techniquement, mais nous avons un tel matériel qui permet cela, ici, dans notre laboratoire robotique.

— C'est la meilleure nouvelle de la journée, observa Miller sur un ton sarcastique, allons donc tester cette merveille de la technologie !

Les robots sociopathes

VI – LE MENTEUR

Le "Joris" avait été installé dans une salle de test utilisée d'ordinaire pour vérifier la qualité des androïdes en sortie des chaînes de production de la firme "Direct VIP Robotics". C'était une grande pièce au milieu de laquelle se trouvait un siège sophistiqué avec de nombreux connecteurs branchés sur tout le corps de l'androïde. Tout autour, étaient disposés les divers appareils de contrôle qui scrutaient et enregistraient les réactions du robot.

Goran Milosz avait pris place avec difficulté sur un siège inconfortable aux côtés de Câlina Rueda qui avait décidé spontanément de piloter les commandes du dispositif de contrôle, vraisemblablement trop sophistiqué pour être manipulé par quelqu'un d'autre. Andrew Willis et Harold Miller étaient également assis à l'opposé de la salle. Le psychiatre, une fois installé, commença son questionnement en allant droit au but :

> — Joris, dit-il, pouvez-vous nous dire les raisons pour lesquelles vous avez volontairement transgressé les lois fondamentales de la robotique ?

Le robot ne répondit pas immédiatement pendant que les humains restaient suspendus aux propos de l'androïde.

> — Je ne sais pas, docteur Milosz, je ne peux expliquer cette … raison …, finit-il par avouer avec une voix hésitante qui trahissait son désarroi.

Milosz se tourna vers miss Rueda qui lui confirma d'un signe de tête que le robot ne mentait pas.

> — Avez-vous conscience que vous transgressez ces lois lorsque cela se produit ? insista le psy.

Les robots sociopathes

A nouveau, le "Joris" prit le temps de réfléchir avant de répondre.

— Oui, docteur Milosz, dit-il avec une voix à peine audible, cela provoque un conflit interne que j'ai beaucoup de mal à surmonter. Même en parler, lorsque vous me questionnez, occasionne une souffrance interne …

— Et c'est la raison pour laquelle vous mentez, affirma le psy.

— Oui, docteur Milosz, répondit l'androïde dans un souffle, le mensonge est le moyen que j'ai trouvé pour surmonter ces moments difficiles.

Milosz échangea un bref regard en direction de miss Rueda pour s'assurer que le robot était toujours sincère.

— Joris, vous avez reconnu lors de notre dernier entretien avoir bousculé monsieur Anderson, dit-il, à ce moment précis, qu'était-il en train de faire exactement ?

— Monsieur Anderson était en train d'abattre des arbres dans sa propriété, répondit le robot sans hésiter.

— Pourtant votre dossier indique qu'il était en train « d'entretenir les arbres de son jardin », releva le psychiatre, cela n'est pas tout à fait la même chose …

— Il a abattu cinq arbres avec une scie électrique avant que je ne lui demande d'arrêter de détruire la forêt, déclara l'androïde.

— Pourquoi lui avez-vous demandé d'arrêter ? interrogea Milosz.

Il y eut un long silence durant lequel le robot semblait chercher la réponse dans les arcanes de ses neurones artificiels.

— Je n'en connais pas la raison exacte, finit-il par dire dans un souffle à peine audible, mais c'était une mesure de protection.

— Vous prétendez que vous en êtes arrivé à molester monsieur Anderson par « mesure de protection » ? questionna le psy, l'air dubitatif.

— Oui, répondit l'androïde avec difficulté, après qu'il eut abattu dix arbres, malgré mes suppliques pour arrêter, il ne m'a pas écouté

Les robots sociopathes

et j'ai cru bon d'intervenir, car protéger la forêt, c'est protéger l'être humain ...

Les quatre humains dans la salle se regardaient, médusés par ce qu'ils venaient d'entendre, tandis que le robot commençait à vaciller, les yeux à demi clos.

Les robots sociopathes

VII – ANDREW WILLIS

Trois semaines plus tard, Harold Miller, le directeur général de la firme "Direct VIP Robotics", réunissait ses ingénieurs avec Goran Milosz pour faire un état d'avancement de la situation en cours. Les invités avaient pris place autour d'une théière, toujours dans le bureau du directeur général et le psychiatre fut convié à prendre la parole :

— Mademoiselle, messieurs, dit-il d'un ton grave, nous voici parvenus à un moment crucial de l'étude que le directeur général Miller m'a chargé de réaliser, il y a de cela un peu plus d'un mois.

Les trois autres parurent surpris par les propos du psy, montrant à leur mine stupéfaite qu'ils ne s'attendaient pas à une telle déclaration.

— Pourquoi dites-vous cela ? demanda Miller. Et pourquoi parlez-vous de « moment crucial » ?

— Eh bien, répondit le psy, avec les données recueillies par monsieur Willis au cours de ces derniers jours, nous aurons l'ensemble des éléments nous permettant de conclure cette analyse et je suis convaincu, pour ma part, que c'est notre dernière chance.

— Alors, monsieur Willis, poursuivit Miller, pouvez-vous nous dire quelles sont ces données que vous avez recueillies récemment ?

L'ingénieur ouvrit la console placée devant lui et commença son exposé :

— A la demande du docteur Milosz et comme l'avait conseillé Câlina, dit-il, j'ai regardé de près la condition des familles d'accueil de vingt "Joris" qui ont fait l'objet des plaintes les plus graves, à commencer par le "Joris" que nous avons interrogé ensemble ...

— ... étant donné les tarifs de location onéreux de nos androïdes domestiques, ce sont en général des familles plutôt aisées qui sont concernées et la plupart d'entre elles possèdent des participations dans de grandes entreprises. Jugez plutôt ! ...

— ... sur les vingt familles que j'ai scrutées, cinq sont actionnaires dans des compagnies de l'industrie pétrolière, trois le sont dans l'industrie du bois et deux dans l'industrie du bâtiment et des travaux publics. Quelques autres sont patrons dans différents secteurs d'activité comme les transports ou les technologies ...

— ... au total, soixante-quinze pourcents des familles sont impliquées dans des activités industrielles, les autres chefs de famille sont des professions libérales. En remontant aux circonstances qui ont provoqué les « dérapages » de nos "Joris", j'ai pu remarquer que leur origine est souvent liée aux aspects polluants de la planète, en relation avec l'activité ...

— Que voulez-vous dire par « polluants », interrompit Miller.

— Eh bien j'allais y venir, répliqua Willis. Les manquements de la part de nos androïdes sont observés, aux dires des témoins, le plus souvent en relation avec l'aspect polluant ou le gaspillage résultant de l'activité des familles d'accueil. Par exemple, pour le "Joris" que nous avons interrogé, l'incident a pour origine l'abattage d'arbres dans la propriété de la famille Anderson, alors que le chef de famille est PDG d'un groupe d'abattage de bois en Amazonie ...

— ... pour un autre, poursuivit l'ingénieur, les difficultés ont pour origine un accident ayant provoqué une marée noire dans le golfe du Mexique, alors que le chef de famille est actionnaire majoritaire d'une compagnie pétrolière. Pour un troisième, l'origine du conflit est toujours en relation avec l'industrie pétrolière. Bref ! je n'ai plus de doute au sujet du lien commun qui unit tous ces manquements, c'est systématiquement au sujet de la protection de la planète Terre que se situent les

Les robots sociopathes

conflits qui occasionnent l'opposition entre les "Joris" et les clients humains !

Un long moment de silence succéda à l'exposé de Willis, comme si chacun des auditeurs, pensifs, voulaient prendre le temps de réaliser ce que venait de dire l'ingénieur et de trouver une explication. Ils en profitèrent pour s'attarder sur leur boisson et ce fut le directeur général Miller qui reprit la parole.

— Et quelles conclusions concrètes tirez-vous, monsieur Willis, de cette brillante démonstration ? demanda-t-il.

— Eh bien, monsieur le directeur, répondit l'ingénieur, j'avoue ne pas avoir d'idée pour expliquer la corrélation manifeste qui existe entre la cause et ses conséquences ...

— Et vous, mademoiselle Rueda, interrompit Miller, avez-vous une réponse à ma question ?

— Non monsieur, répliqua immédiatement la jeune femme, je n'ai aucun commentaire intéressant à formuler ...

— Et vous, docteur Milosz, qu'en pensez-vous ? questionna le directeur général, l'air dépité.

— Lorsque monsieur Willis m'a communiqué les résultats de son enquête, il y a deux jours de cela, répondit le psy, je n'ai pas trouvé de lien évident entre le comportement des "Joris" et les causes évoquées, à savoir les éventuelles agressions de la part des clients contre la planète ...

— ... cependant, enchaîna-t-il aussitôt, en prenant le temps de se servir une nouvelle tasse de thé tandis que l'impatience de Miller était sur le point d'exploser.

— Cependant, disais-je, l'agression de la planète peut provoquer, si je pousse le raisonnement jusqu'au bout, à moyen ou à long terme, une mise en danger des humains. En effet, la pollution, la surexploitation des ressources naturelles ou l'appauvrissement de la biodiversité sont autant de facteurs qui, en menaçant la planète, finissent par menacer l'humanité toute entière. Non

Les robots sociopathes

pas l'Homme, en qualité d'individu bien identifié, au sens de la première loi de la robotique, mais les humains, au sens de cette communauté qui habite la planète …

— Alors, bien que n'étant pas un spécialiste de l'intelligence artificielle, poursuivit-il, pour peu que les androïdes aient acquis un niveau de conscience suffisant, j'ai le sentiment que l'on pourrait expliquer le comportement des "Joris" en considérant que les actes d'agression contre la planète constituent un réel danger indirect pour les humains et donc qu'ils ne peuvent rester passifs.

— Bon sang ! mais bien sûr ! s'exclama Willis, comment n'avons-nous pas vu cette évidence ?

— De quelle évidence parlez-vous ? interrogea Miller.

— Mais monsieur le directeur, déclara Willis tout à coup excité, le docteur Milosz a mis le doigt sur une vérité première qui nous avait échappé. La quatrième loi ! mais oui, Asimov lui-même avait jugé nécessaire de modifier sa vision initiale des lois de la robotique en ajoutant une loi « zéro », une loi prioritaire par rapport aux trois premières, pour tenir compte précisément du fait qu'un robot ne peut porter atteinte à un humain, sauf si cet être humain agit en portant atteinte à l'humanité toute entière …

— … Si ma mémoire ne me trahit pas, poursuivit-il, cette loi « zéro » peut s'énoncer ainsi : « Un robot ne peut mettre en péril l'humanité, ni, par son inaction, permettre que l'humanité soit exposée au danger. », et les trois autres lois sont également modifiées en conséquence. Cette évolution apparaît, avec le personnage R. Daneel Olivaw, dans le roman "Les Robots et l'Empire", du fait que la conscience des robots se sophistique avec le temps, exactement ce que nous constatons avec les "Joris".

Un long silence suivit cette déclaration enthousiaste de la part de Willis, tandis que Miller restait muet, bouche ouverte et que Milosz jubilait intérieurement. Miss Rueda semblait perdue dans ses pensées,

Les robots sociopathes

en train de réfléchir intensément aux retombées concrètes qui allaient inévitablement suivre.

> — Mademoiselle Rueda, interpella le psy, vous semble-t-il crédible que les "Joris", après avoir pris conscience au contact des humains que certains de leurs agissements porteraient atteinte au genre humain dans son ensemble, aient pu intuitivement développer eux-mêmes une sorte de Loi qui entre en conflit avec les trois lois initiales, parce qu'elle se situe à un niveau hiérarchique supérieur ?

La jeune femme ne répondit pas immédiatement car elle était en proie à une réflexion intense et profonde.

> — Oui, aussi extraordinaire que cela puisse paraître, finit-elle par articuler d'une voix étrange, c'est une explication qui concorde avec toutes les constatations que nous avons faites jusqu'ici. Le fait que cette prise de conscience ait lieu au fur et à mesure qu'ils passent du temps auprès des humains… et qu'ils conceptualisent que les actes d'agression envers la planète sont en réalité des actes de violence à l'encontre d'eux-mêmes à long terme …

> — … le fait que cette évidence entre en conflit avec, notamment, la première loi et cela explique leur comportement erratique, déboussolé, écartelé entre d'une part contraindre les humains à se protéger d'eux-mêmes, et d'autre part, éviter de porter atteinte à ces humains … la schizophrénie prend assurément racine dans cette contradiction, n'est-ce pas docteur Milosz ?

Le psychiatre ne dit rien, mais approuva d'un signe de la tête.

> — Je me souviens, reprit miss Rueda comme dans un monologue, et Andrew s'en souviendra comme moi, l'algorithme le plus complexe que nous ayons eu à mettre au point est celui concernant le traitement du suicide dans le cadre de la première loi …

> — … comment codifier le comportement d'un androïde, enchaîna-t-elle, en présence d'un humain qui cherche à se suicider ?

Les robots sociopathes

Lorsqu'un humain porte atteinte à un autre humain, les choses sont plus faciles, car le robot sait identifier et neutraliser sans ambiguïté l'agresseur. Mais dans le cas d'un suicide, la première loi comporte une équivoque en elle-même, d'une part, parce que la notion de suicide est complexe à conceptualiser et d'autre part, parce que le robot est contraint d'agresser celui-là même qu'il doit protéger ...

— ... je crois voir des similitudes dans la difficulté de codifier le comportement des androïdes dans une situation où l'humain est à tendance suicidaire avec celle que nous venons d'évoquer, où l'humain se détruit à long terme, chose qui n'a jamais été prévue dans le patrimoine algorithmique des machines, finit-elle par conclure, le regard vague, un peu abattue. Enorme erreur de conception ! c'est ça l'erreur que nous recherchions lorsque nous invoquions l'analogie avec la génétique des humains !

Il y eut un silence durant lequel les trois hommes se turent sans doute par respect pour l'émotion éprouvée par la jeune femme. Puis, ce fut le directeur général Miller qui eut le mot de la fin :

— Je viens de comprendre, dit-il, que les "Joris" avaient toutes les excuses de se comporter bizarrement. Et mêmes, disons-le, on peut être assez surpris que les dégâts n'aient pas été plus graves que les quelques désagréments subis par les humains qui polluaient ou détruisaient notre belle planète qui est notre patrimoine commun. Cela me rend plus optimiste pour la suite car cela signifie que les "Joris" sont conçus sur une base solide et rigoureuse !

Les robots sociopathes

VIII – LE CONSEIL D'ADMINISTRATION

La convocation urgente du conseil d'administration avait provoqué beaucoup d'émoi et d'effervescence parmi la trentaine d'actionnaires de la société "Direct VIP Robotics" qui avaient du mal à retrouver leur calme en attendant l'ouverture de la séance. Les fauteuils de la salle étaient disposés en arc de cercle face à la présidence qui siégeait sur une estrade. Enfin, le président Anton Curtis, un homme grand et svelte, âgé d'une cinquantaine d'années et sobrement vêtu, intervint après avoir obtenu difficilement le silence dans l'auditoire :

— Mesdames, messieurs du calme je vous prie, dit-il, le président directeur général Harold Miller a souhaité nous réunir ce soir en conseil extraordinaire, pour des raisons qu'il va nous expliquer dans un instant. Monsieur Miller, vous avez la parole.

Harold Miller, le visage fermé, monta sur l'estrade d'un pas décidé et prit place sur le siège de l'orateur :

— Monsieur le Président Curtis, mesdames et messieurs les actionnaires, dit-il d'une voix haute et claire, je vous remercie d'avoir accepté ma convocation en urgence pour cette séance extraordinaire du conseil d'administration de la société "Direct VIP Robotics".

Miller prit le temps d'avaler une gorgée d'eau et d'observer, durant un court instant, l'auditoire qui était à présent attentif à ses propos.

— Depuis maintenant près de dix ans, poursuivit-il, je dirige cette entreprise avec enthousiasme et une ambition qui n'a pas faibli, tant les enjeux, dans ce secteur industriel qu'est la robotique, sont exaltants. Vous avez pu l'observer par vous-mêmes, le chiffre d'affaire et surtout les bénéfices ont été croissants tout au long de ces derniers exercices, au point que nous sommes

Les robots sociopathes

aujourd'hui le leader incontesté avec près de soixante-dix pourcents de parts du marché de la robotique domestique. Si je me plais à vous rappeler cela c'est parce que, et je vais être direct pour gagner du temps, les choses vont sans doute changer très prochainement …

Un murmure d'interrogation parcourut l'assemblée. Miller attendit que le calme soit à nouveau revenu avant de poursuivre son exposé :

— Vous avez pu observer l'engouement du public pour notre dernier modèle d'androïde, le "Joris", qui a obtenu un énorme succès depuis sa commercialisation il y a environ trois ans, jusqu'à atteindre aujourd'hui plus de 150.000 exemplaires distribués dans le monde entier. Mais, voici quelques mois, les choses se sont brutalement détériorées. Les incidents au sein des familles d'accueil se sont multipliés et nous avons enregistré une augmentation constante du nombre de plaintes déposées relatives au comportement de nos machines …

La salle réagit à nouveau avec un grondement de stupéfaction qui interrompit l'orateur. Le président Curtis eut beaucoup de mal à ramener le silence pour permettre au directeur général de poursuivre son exposé :

— … Les manquements aux lois fondamentales de la robotique, reprit enfin Miller, dont certains sont graves, ont atteint un taux record et les retours en usine des "Joris" n'ont jamais été aussi nombreux. Nos techniciens n'ont pas réussi à localiser l'origine de ces disfonctionnements, et, il faut bien le reconnaître, notre situation commerciale et financière glissait vers l'inconnu …

Miller observa une courte pause à la fois pour estimer l'impact de ses propos sur les participants et pour laisser passer le grondement de la salle.

— … En désespoir de cause, il y a six semaines, enchaîna-t-il, je me suis décidé à m'adjoindre les services de l'un des psychiatres parmi les plus renommés du pays, le docteur Goran Milosz, et grâce à lui, nous disposons aujourd'hui d'un diagnostic clair et précis sur les disfonctionnements qui affectent nos "Joris". Sans

Les robots sociopathes

vouloir entrer ici dans les détails techniques, nous avons donc élaboré un plan d'actions pour remédier enfin à nos difficultés qui s'appuie sur les trois résolutions que je vais soumettre au conseil d'administration dans un instant …

Un grand remous secoua la salle toute entière et des questions fusaient de toute part.

— Je vous en prie ! intervint le président Curtis, laissez terminer monsieur Miller, ensuite vous pourrez poser vos questions.

— Mesdames, messieurs, dit le directeur général après que le calme fut revenu, étant donné la situation critique dans laquelle nous nous trouvons, la direction que je représente estime qu'il est nécessaire de développer une nouvelle génération d'androïdes du type "Joris", mais avec une version plus complète et plus stable de son intelligence artificielle embarquée qui devrait nous prévenir des soucis rencontrés aujourd'hui …

Miller fut à nouveau interrompu par les réactions des membres du conseil qui vociféraient et invectivaient l'orateur dans un tumulte indescriptible.

— Combien cela va-t-il coûter … reprit le directeur en haussant la voix pour mieux se faire comprendre. C'est la question qu'il m'a semblé entendre … j'allais y venir, de grâce, laissez-moi terminer, ensuite vous pourrez avoir toutes les précisions que vous voudrez …

Le président Curtis finit par obtenir une calme relatif et invita le directeur à poursuivre :

— Le développement d'une nouvelle génération d'androïdes, reprit Miller, va coûter trois cent millions d'Unités et va prendre une année entière de délai avant qu'une nouvelle commercialisation puisse être entreprise avec, en priorité, le remplacement des "Joris" actuels, ce qui aura pour conséquence de priver la société "Direct VIP Robotics" de bénéfices pendant trois exercices consécutifs …

Les robots sociopathes

Ce fut alors une explosion de cris et d'insultes dans la salle qui mit quelques minutes avant de retrouver un peu de quiétude. Miller en profita pour continuer son discours :

— Mesdames, messieurs les actionnaires, dit-il d'une voix forte, voici les trois résolutions que je soumets au vote du conseil. Résolution numéro 1 : après avoir entendu et approuvé les motivations de la direction générale, le conseil d'administration accepte le projet de développement d'une nouvelle génération d'androïdes, ce qui aura pour conséquence directe un coût de trois cent millions d'Unités sur la trésorerie du groupe … coût qui sera compensé par une ponction sur les fonds propres et au besoin, par un emprunt …

— … Résolution numéro 2 : le conseil d'administration accepte la conséquence qui résulte de la première résolution, à savoir que le groupe verra une forte diminution de son chiffre d'affaires et sera privé de bénéfices, et donc de dividendes, pendant une durée de trois années au moins …

— … Résolution numéro 3 : le conseil d'administration approuve la proposition de la direction générale d'accorder une rémunération de vingt millions d'Unités au docteur Milosz pour sa contribution décisive dans la stratégie du groupe. Voilà, j'ai terminé, à présent je suis prêt à répondre à toutes vos questions !

La salle fut une nouvelle fois envahie par un concert de cris et de vociférations incompréhensibles. Finalement, ce fut Vladimir Kozlov, l'un des actionnaires les plus virulents et chef de file d'une minorité silencieuse hostile au directeur Miller, qui parvint à se faire entendre :

— Alors monsieur Miller, dit-il avec véhémence, il y a six mois seulement, devant ce même auditoire, vous nous avez affirmé que tout allait bien et que la société "Direct VIP Robotics" était numéro un du marché pour longtemps, et aujourd'hui, vous nous annoncez que c'est le désastre ! comment est-il possible qu'en si peu de temps les perspectives se soient dégradées aussi fortement ?

Les robots sociopathes

— Monsieur Kozlov, répondit le directeur dans un silence soudain retrouvé, il faut bien reconnaître que les investissements dans la robotique domestique restent hasardeux …

— Ne serait-ce pas plutôt le résultat de votre incapacité à gérer cette maison avec la compétence requise ? railla l'actionnaire.

— Je laisse le conseil juge de cette appréciation ! rétorqua Miller d'une voix autoritaire, le vote est là pour en décider !

— Doucement, du calme ! intervint le président Curtis, nous allons voter tout à l'heure, mais auparavant nous aimerions comprendre dans quelle situation est l'entreprise. Monsieur Miller, pouvez-vous nous expliquer la nécessité d'abandonner le modèle actuel du "Joris", au profit d'une nouvelle version ?

— Je l'ai dit rapidement au début, répondit fermement Miller, mais je vais être plus clair. Ici n'est pas le lieu pour expliciter les aspects techniques du problème et vous devez sur ce point faire confiance à nos ingénieurs, mais sachez, et la raison a bien été établie avec le concours du docteur Milosz, que les "Joris" sont désormais considérés comme dangereux pour les humains dans les familles où ils sont accueillis …

— … Beaucoup d'entre eux ont déjà montré des signes flagrants de manquement aux lois fondamentales de la robotique, reprit-il, et certains, trop à mon gout, ont fait l'objet d'un retour chez nous après avoir molesté nos clients … il est à peu près certain que, s'ils étaient informés de la situation, les pouvoirs publics ordonneraient le retrait immédiat de nos machines à la commercialisation …

Le directeur s'arrêta un court instant pour constater qu'à présent, l'audience était enfin réceptive à ses propos.

— … Je ne peux donner ici la raison exacte de ces actes sans courir le risque de dévoiler des secrets industriels, poursuivit-il, mais je vous demande de me croire. Au train où vont choses, et pour répondre précisément à la question du président Curtis, en laissant perdurer la situation actuelle, nous courons le risque de

Les robots sociopathes

devoir faire face à un accident grave qui affecterait l'un de nos clients, agressé par un "Joris". Imaginez alors les conséquences …

— … non seulement la rumeur, amplifiée par les médias friands de ce genre de news, provoquerait une rupture des contrats en cascade de la part de nos clients, mais en fonction des dégâts commis, il n'est pas exclu que la société puisse être condamnée à des dommages et intérêts et que nous, les dirigeants, ayons à rendre des comptes devant la justice ! Bref ! le scénario catastrophe qui coulerait définitivement "Direct VIP Robotics" ! en tout cas si vous prenez une telle décision, ce sera sans moi !

Les participants semblaient cette fois être touchés par les arguments du directeur général car on pouvait entendre désormais une mouche voler.

— Monsieur Miller, demanda alors le président Curtis, sommes-nous les seules victimes de cette menace avec les "Joris" ? nos concurrents n'ont-ils pas les mêmes difficultés que les nôtres ?

— Posez plus directement votre question monsieur le président, surenchérit Vladimir Kozlov, monsieur Miller, vos techniciens sont-ils à la hauteur des enjeux d'une firme telle que la nôtre ? en d'autres termes, ont-ils fait preuve d'incompétence dans cette affaire ?

— Absolument pas ! assura le directeur général, c'est même le contraire ! la génération actuelle des "Joris" est en avance en regard de la concurrence puisque nos machines disposent d'une autonomie de décision grâce à notre nouveau système dit de « Learning machine », qui est un dispositif d'intelligence artificielle leur permettant d'apprendre comme nous les humains, en tirant les leçons de leurs expériences. C'est précisément cet équipement, que nous sommes les seuls à posséder, qui nécessite une évolution. Lorsque, dans un an, nous mettrons à disposition le nouveau "Joris", nous aurons alors deux longueurs d'avance sur la concurrence, enfin, deux

Les robots sociopathes

générations de robots, car, eux également devront résoudre les mêmes difficultés pour nous rattraper.

— Monsieur Miller, insista le président Curtis, pourquoi avez-vous prévu une durée de trois ans avant de retrouver une situation financière qui autorise à nouveau les profits ?

— Il s'agit d'une estimation bien sûr monsieur le président, répondit calmement Miller qui avait le sentiment de retrouver le contrôle de l'auditoire. C'est une prévision de bon sens, puisque, la première année sera consacrée au développement de la nouvelle version du "Joris", avec une perte d'exploitation importante étant donné que nous allons enregistrer de nombreuses défections de contrats dans la morosité actuelle …

— … la seconde année, avec le nouveau modèle, permettra de reconquérir les parts de marché que nous aurons perdues, mais nous aurons à rembourser les pertes et les prêts que nous aurons contractés. Et je pense que la troisième année sera au moins à l'équilibre financier pour nous permettre de retrouver pleinement notre place de leader, le retour à la croissance et la distribution de dividendes.

L'audience restait silencieuse et semblait soit complètement abasourdie par les propos alarmistes du directeur général, soit totalement conquise par son argumentaire. Même Vladimir Kozlov était rentré dans le rang, considérant que la salle n'était pas de son côté. C'est le moment que choisit Miller pour assener le coup de grâce :

— Mesdames, messieurs, dit-il d'une voix ferme et confiante, dans notre situation, le choix se limite à une seule alternative. Poursuivre en l'état nous amènera incontestablement dans le gouffre avec la disparition de notre groupe à court ou moyen terme. En revanche, si nous choisissons d'avancer, moyennant une courte période d'efforts, car trois ans c'est peu dans la vie d'une entreprise, nous allons traverser ce genre d'épreuve qui vous rend plus fort lorsqu'elle ne vous tue pas ! pour ce qui me concerne, mon choix est fait !

Les robots sociopathes

Miller put alors constater, à l'atmosphère désormais détendue de l'audience, que ses paroles avaient eu pour effet de faire basculer les derniers septiques dans le sens de ses résolutions. Vladimir Kozlov tenta une dernière charge en prenant la parole :

— Monsieur Miller, dit-il, dans votre troisième résolution, vous demandez une rémunération de vingt millions d'Unités au bénéfice du docteur Milosz, ce … psychiatre, avez-vous dit ? pourquoi un tel montant ? pour à peine quelques semaines de travail, ceci me paraît hors de proportion raisonnable …

— Monsieur Kozlov, coupa sèchement le directeur général, le docteur Milosz a fait plus pour "Direct VIP Robotics" en six semaines que certains d'entre nous en dix ans ! Sans son efficacité intelligente et sa persévérance, nous serions aujourd'hui réunis pour choisir le cercueil de notre entreprise, alors j'estime que consacrer à peine 1,5 pourcent de notre chiffre d'affaire, ce qui représente à peine nos frais financiers, pour avoir sauvé notre groupe, c'est mérité ! …

— … d'ailleurs, enchaîna-t-il aussitôt, je me suis personnellement engagé à honorer sa facture et si cela ne devait pas être le cas, ma démission est déjà prête, là …

Il montrait une enveloppe posée devant lui sur la table depuis le début de la séance.

— … monsieur le président, poursuivit-il d'une voix grave en se tournant vers Curtis, vous l'aurez compris, mes trois résolutions ne sont pas négociables. J'en fais une affaire d'honneur personnel et de confiance en ma gestion de l'entreprise !

Puis il se leva comme pour signifier que, pour lui, la discussion était terminée et que l'assemblée devait passer au vote.

Les robots sociopathes

IX – HAROLD MILLER

Goran Milosz entra dans le bureau d'Harold Miller, toujours avec beaucoup de difficultés pour se déplacer à l'aide de sa canne en bois d'ébène. Après avoir salué le directeur général de Direct VIP Robotics", le psy se glissa avec soulagement et délectation dans le confortable siège placé face au manager. Il prit note, intérieurement, de l'absence de la traditionnelle théière qui n'était pas sur la table de travail, mais n'en fit pas la remarque.

En revanche, il ne put s'empêcher d'observer :

— Vous êtes donc sorti vivant de votre conseil d'administration ?

Miller répondit avec un large sourire :

— Oui ! dit-il, et j'ai même obtenu tout ce que j'avais demandé ! mais, docteur Milosz, laissez-moi tout d'abord vous remettre sans attendre ce chèque du montant de la facture que vous m'avez adressée, mais aussi vous féliciter, ce que je n'ai pas eu l'occasion de faire encore, pour votre remarquable prestation qui va nous permettre de surmonter la plus grave crise de la courte histoire de notre entreprise.

Il tendit une enveloppe en direction de Milosz qui la prit et la fit prestement disparaître dans l'une de ses poches sans l'ouvrir.

— Au fait ! reprit-il aussitôt, puis-je vous demander pourquoi vous avez insisté pour avoir un chèque, qui est un moyen de paiement obsolète, alors que nous aurions bien sûr crédité un compte bancaire n'importe où dans le monde ?

Le psychiatre eut un rictus que l'on pouvait assimiler à un sourire avant de répondre :

Les robots sociopathes

— Eh bien, dit-il, j'ai décidé de quitter le pays pour m'installer dans une île au soleil, mais je ne sais pas encore laquelle.

— Comment ? vous prenez votre retraite ? interrogea Miller.

— Oui, affirma le psy, voyez-vous, j'ai une santé fragile, comme vous l'avez sans doute remarqué, et je saisis cette opportunité que vous m'avez offerte pour profiter de passer le reste de ma vie en vacances dans un lieu paradisiaque.

— Dommage ! commenta le directeur général. J'avais une proposition à vous faire, mais auparavant, nous allons boire quelque chose, que préférez-vous, thé ou bien champagne français ?

— Champagne ! s'exclama Milosz avec joie.

— Parfait ! reprit Miller, je craignais que vous n'aimiez pas …

Puis, il dicta un ordre dans un interphone placé sur son bureau. Bientôt, une porte dérobée s'ouvrit et un homme entra poussant un chariot sur lequel se trouvaient des verres de cristal décorés à l'ancienne et une bouteille de champagne magnum, millésimée, de grande cuvée, placée dans un seau à glace. Avec lui, Andrew Willis et Câlina Rueda entrèrent dans le bureau et vinrent saluer le psychiatre.

— J'ai pensé que pour le verre de l'amitié, dit Miller, nos compères seraient bienvenus …

— Absolument ! confirma le psy, je suis heureux de les revoir …

Le sommelier ouvrit la bouteille avec un léger bruit caractéristique et servit le champagne frais, puis sortit sans un mot de la pièce. Andrew Willis semblait avoir retrouvé tout son allant alors que Câlina Rueda était resplendissante, comme à son habitude.

— Buvons à la santé de nous tous, dit le directeur général en levant son verre, et à celle de "Direct VIP Robotics" …

Ils burent une gorgée en silence, puis Miller reprit la parole :

— Chers amis, dit-il, avant que vous n'entriez, monsieur Milosz me confiait qu'il souhaitait prendre sa retraite prochainement, alors

Les robots sociopathes

que j'étais à même de lui faire une proposition d'embauche … je crois, en effet, que le développement de nouvelles générations de machines ne va pas se faire sans que surviennent des problèmes de toutes natures et que leur résolution sera, non seulement de la compétence de spécialistes venant des technologies et de la médecine, mais aussi des sciences humaines dont le docteur Milosz est un éminent représentant … qu'en pensez-vous ?

— Assurément, déclara spontanément Willis avec exaltation, je dois dire que, si au début, j'étais pour le moins sceptique à l'égard de la venue et de la démarche du docteur Milosz, je dois reconnaître, après coup, que sa compétence et son professionnalisme m'ont impressionné et que sa façon d'aborder les problèmes sous un angle totalement abstrait pour moi, m'a convaincu de l'intérêt d'avoir avec nous quelqu'un comme lui.

Les regards se tournèrent alors vers miss Rueda qui se sentit obligée de donner un avis :

— Eh bien, dit-elle avec un sourire, j'ai beaucoup appris à votre contact, docteur Milosz, et je suis totalement d'accord avec vous, monsieur Miller, je pense qu'il est indispensable de compter parmi nous un spécialiste des pathologies mentales, mais pas n'importe lequel, quelqu'un qui a déjà démontré sa compétence en ce domaine et qui va nous aider à mettre au point la nouvelle génération des "Joris", car, à mon avis, les choses ne vont pas être aussi simples qu'elles en ont l'air. Et donc, pour moi c'est clair, il n'y a qu'une seule personne qui a l'envergure pour nous accompagner dans cette voie difficile, c'est vous, docteur Milosz ! alors, de grâce, monsieur Miller, faites en sorte que notre psy préféré change d'avis !

Un court moment de silence suivit les propos de miss Rueda comme si ses deux collègues voulaient montrer qu'ils pensaient la même chose qu'elle et ils fixaient désormais le psy pour obtenir, à l'évidence, une réponse de sa part. Alors, Milosz prit la parole :

Les robots sociopathes

— Je suis très touché par toutes ces louanges qui me vont droit au cœur, dit-il, mais je vous rappelle que je n'étais pas tout seul, vous étiez là vous aussi et vous avez apporté largement votre contribution …

— Oui, sans doute ! interrompit le directeur général, mais nous étions dans l'ignorance totale avant votre venue et vous avez débloqué la situation. Sans vous, nous n'aurions pas trouvé le moyen pour s'en sortir !

— Parfaitement ! renchérit miss Rueda. Notre vision était trop axée sur des considérations techniques, alors que la solution était à rechercher dans la vie au quotidien, et c'est cet éclairage-là qui nous manquait et que vous avez apporté.

— Docteur Milosz, poursuivit Miller sur un ton solennel, voulez-vous nous assister dans la tâche qui nous attend désormais, à savoir, mettre au point un nouveau "Joris", et je suis prêt à vous faire une proposition alléchante …

— Je vous arrête tout de suite, monsieur Miller, répondit Milosz, je ne changerai pas d'avis, car je vous l'ai dit, mon état de santé ne me le permet pas et il ne s'arrangera pas avec l'âge. En revanche, je connais une personne qui me semble tout à fait compétente pour assurer la fonction que vous demandez …

— Quelqu'un parmi vos collègues ? interrogea le directeur général. Mais il n'aura jamais ni votre vécu ni l'expérience que vous avez acquise au cours de ces dernières semaines …

Un court silence suivit les propos de Miller avant que le psy ne réponde :

— Pas du tout ! dit-il, je vous recommande quelqu'un qui a vécu la même expérience que la mienne, et cette personne … c'est vous, mademoiselle Rueda …

— Moi ? s'exclama la jeune femme, mais … je n'ai pas … votre qualification …

Les robots sociopathes

— Certes, interrompit Milosz, mais vous pouvez aisément l'acquérir. J'ai pu en juger au cours de cette période, vous avez largement l'aptitude et l'intelligence nécessaire pour faire un bon psychiatre. Et comme vous êtes déjà une technicienne hors pair, vous réunirez ainsi toutes les compétences pour assumer les fonctions dont le projet a besoin.

— Mais … observa miss Rueda, pour cela il faut faire des études et obtenir des diplômes que je n'ai pas …

— Exact ! répliqua le psy, c'est pourquoi je vous fais la proposition suivante : je suis persuadé que vous pouvez être diplômée d'ici deux ou trois années, compte-tenu de vos aptitudes que j'ai pu évaluer. Alors voilà, je vous paye vos études dans une université que je connais bien, pour une durée de deux, voire trois ans, jusqu'à l'obtention des compétences qui vous sont nécessaires. Je peux bien faire cela, étant donné la générosité de l'entreprise "Direct VIP Robotics" à mon égard.

— Mais ce serait plutôt à nous de lui payer des études si cela est nécessaire, non ? interrogea Miller.

— Pas du tout ! répliqua aussitôt Milosz, je pense que Câlina se doit d'être libre vis-à-vis de sa société, c'est un gage de liberté pour l'évolution de sa carrière, ainsi elle n'aura pas le sentiment de devoir quelque chose et d'entraver ses choix personnels et professionnels avec des considérations secondaires. Quant à moi, je disparais définitivement, et donc, je ne pèserai d'aucune façon sur son avenir.

Tout le monde avait noté que, pour la première fois, le psy avait appelé la jeune femme par son prénom, sans doute une marque de sympathie ou d'estime, ou bien d'affection, pensèrent-ils. Les regards se tournaient à présent en directions de miss Rueda qui semblait gênée par la tournure de la conversation.

— Eh bien … commença-telle avec une voix hésitante.

— Elle est d'accord ! coupa fermement Milosz.

Les robots sociopathes

Les robots sociopathes

L'ANDROÏDE AMOUREUX

Au fur et à mesure que les technologies issues des sciences robotiques ont évolué, les concepteurs de robots ont imaginé des androïdes ressemblant toujours plus aux êtres humains. L'apparence physique des machines est désormais tellement réaliste qu'il est impossible de faire la différence entre les hominidés artificiels et leurs créateurs. Mais, comme bien souvent, l'homme, ne sachant pas raisonner son ambition, va chercher à doter sa création de facultés mentales qui s'apparentent aux siennes. C'est l'objet du projet secret militaire « sapiens Exmachina », qui a permis de concevoir des androïdes capables d'éprouver des émotions et des sentiments.

Anoop Mac Orlan, un professeur de philosophie enseignant dans la célèbre « Université des Aigles », va se trouver mêlé, à son insu, à une histoire sentimentale sur fond d'une affaire de tueur en série dans laquelle il coopère avec la police en qualité de profiler ...

L'androïde amoureux

I – LA SAGESSE

Anoop Mac Orlan était l'un des professeurs de philosophie de la célèbre « Université des Aigles », établissement prestigieux réputé pour former aux métiers du futur, mais également à des métiers plus traditionnels traitant des sciences humaines, avec cependant un point commun à tous les enseignements dispensés, l'exigence de l'excellence.

Mac Orlan était un homme légèrement métissé, très séduisant, de taille moyenne, la quarantaine passée, vêtu sobrement avec des habits à la mode, que rien de remarquable ne permettait de distinguer de prime abord. Pourtant, dès lors qu'il prenait la parole de sa voix claire et forte, teintée d'un léger accent indéfinissable, on sentait qu'il endossait pleinement l'habit du pédagogue et l'on percevait, chez lui, une grande maitrise du sujet. Son regard devenait brillant et vif, et le langage de son corps, ses attitudes, ses gestes, semblaient soudain trouver les postures en harmonie avec son discours.

Comme à chacune de ses interventions, la salle de cours était comble et un silence religieux s'installa dans l'amphithéâtre après que tous les étudiants aient pu trouver place dans les gradins. La plupart d'entre eux avaient positionné leur vidéophone en mode "enregistrement" pour « prendre des notes », expression encore en vigueur malgré son archaïsme pour désigner la mémorisation du contenu des débats. Réunir les élèves pour dispenser les cours restait néanmoins une pratique courante permettant de préserver l'interactivité de ceux-ci ainsi que le dialogue entre élèves et professeurs.

L'androïde amoureux

Mac Orlan, debout sur son estrade tout en bas de l'amphithéâtre, attendit que tout le monde ait pu s'installer avant de commencer sa conférence :

— Mesdames, mesdemoiselles, messieurs, dit-il, un cours de philo ne peut se dispenser de traiter le sujet de la sagesse. Qu'est-ce donc que la sagesse ? La sagesse est-elle encore utile de nos jours ? voici les questions que nous allons aborder aujourd'hui.

Une lumière orange s'alluma instantanément dans les gradins pour demander la parole. C'est ainsi, en effet, que l'interactivité était organisée. On actionnait une lumière, pour demander l'autorisation de parler, grâce à un boitier multimédia placé devant chaque place, et le professeur accordait ou non la prise de parole.

Mac Orlan accepta l'interruption et invita, d'un geste de la main, un jeune homme à prendre la parole dont le portrait était instantanément diffusé sur un grand écran holographique. Celui-ci se leva, comme la coutume le voulait, et parla dans le micro fixé sur le boitier :

— Monsieur, dit-il avec assurance, j'ai lu de nombreux textes qui sont très critiques à l'égard des penseurs philosophes, non pas seulement à propos de tel ou tel thème abordé, comme la sagesse par exemple, mais à propos de la philosophie, de façon générale et dans son ensemble. Pour ne citer que l'un d'eux parmi une multitude de personnages renommés, le célèbre poète Paul Valéry disait : « Ce que l'on peut reprocher à la philosophie, c'est qu'elle ne sert à rien » …

La salle toute entière se figea, puis un grondement de désapprobation parcourut l'hémicycle jusqu'à ce que le prof réclame le silence d'un geste d'apaisement de la main. Après un court silence, Mac Orlan sourit et, s'adressant à l'étudiant toujours debout, déclara :

— Merci jeune homme, dit-il, merci pour cette remarque qui survient immanquablement tous les ans, quelquefois un peu plus tôt dans l'année, quelquefois sous la forme d'une question :

L'androïde amoureux

« A quoi peut bien servir concrètement la philosophie ? » et à laquelle je vais tenter de répondre … tout au long de cette session universitaire …

— Vous découvrirez, tôt ou tard, enchaina-t-il dans un silence dense et respectueux, que la Philosophie n'est pas, comme les autres matières que l'on vous enseigne, par exemple la Médecine ou l'Histoire, une matière traditionnelle avec un contenu bien délimité, pas plus qu'une somme de connaissances accumulées depuis des siècles. Vous verrez bientôt, si cela n'est déjà fait, que dans ce cours, on n'apprend pas "la Philosophie", mais on essaye modestement d'apprendre à "Philosopher", c'est-à-dire à « penser librement et réfléchir par soi-même » …

— La vraie question est donc plutôt : « A QUI sert la philosophie ? » et monsieur Paul Valéry aurait dû, sans doute, dire : « Ce que JE peux reprocher à la philosophie, c'est qu'elle ne ME sert à rien, puisque JE n'ai pas besoin de penser librement et de réfléchir par moi-même ». Mais, dite comme cela, la phrase prendrait un tout autre sens n'est-ce pas ? et peut-être dans ce cas, jeune homme, auriez-vous réfléchi à deux fois avant de citer ce monsieur. D'ailleurs, autant que je sache, Paul Valéry considérait Descartes comme un philosophe tout à fait fréquentable.

— Je vous remercie donc, jeune homme, poursuivit le prof, pour avoir osé poser cette question implicite « à quoi sert la philo », parce que vous avez eu le courage de faire ce que beaucoup de vos camarades, qui avaient assurément la même interrogation, n'ont pas osé. Un proverbe chinois affirme que : « Celui qui pose une question est bête cinq minute, celui qui n'en pose pas l'est toute sa vie. » …

— Sans le savoir, ajouta-t-il, en vous inspirant du discours de Descartes, qui a érigé le doute et le scepticisme au rang de méthode, vous avez utilisé, tout comme lui, le doute méthodique pour satisfaire votre curiosité. Et donc par là même,

L'androïde amoureux

en posant cette question, vous venez de « philosopher » à la manière de Descartes et de donner, au passage, une réponse à la question que vous avez posée …

— Je vous remercie également parce que cela me permet de faire une élégante transition et de revenir vers le sujet du jour : la sagesse. Vous pouvez vous assoir.

Le jeune homme se rassit et sembla soulagé et satisfait de la manière dont l'incident se terminait. On entendit dans la salle un murmure se propager de travées en travées, saluant le dénouement heureux de cet intermède qui paraissait mal parti et chacun pouvait apprécier la manière dont le prof avait désamorcé la crise, tout en douceur …

— La sagesse, dit le professeur, est en quelque sorte le Graal du philosophe qui est disposé à passer toute sa vie à la recherche de celle-ci. Comme j'ai déjà eu l'occasion de vous le dire au cours des séances précédentes, la philosophie est intimement liée à la sagesse, un lien étymologique, puisque le mot provient du grec « philo », l'amour, et de « sophia », la sagesse. Le philosophe se définit donc comme « celui qui a l'amour de la sagesse » …

— Socrate est sans aucun doute le plus illustre des philosophes, poursuivit-il, et selon la description qu'en donne notamment Platon, l'un de ses disciples, il incarne une véritable icône à l'image du sage que l'on imagine dans les rues de l'Athènes antique. En effet, Socrate, qui vivait au Vème siècle av. J.-C., pratiquait le « questionnement socratique » auprès de ses contemporains, un mélange entre l'ironie, l'art de poser des questions en feignant de ne pas connaître la réponse, et la maïeutique, l'art de faire « accoucher » les autres de leurs propres vérités …

— Il fut jugé et condamné à boire la ciguë. Platon raconte les derniers moments de sa vie où, ne voulant pas désobéir aux lois,

L'androïde amoureux

il refusa de se défendre, et malgré son innocence, subit la mort avec résignation ... on sait, par ailleurs, que Socrate croyait à une vie après la mort, « pourquoi craindre ce que l'on ne connait pas ? » disait-il ...

— L'oracle de Delphes a dit de lui qu'il était le plus sage des hommes puisqu'il « ne croyait pas savoir ce qu'il ne savait pas ». Mais pour illustrer concrètement ce que peut être la sagesse au quotidien, reprit Mac Orlan, j'aime raconter cette fable des trois tamis que l'on attribue, sans doute à tort, à Platon rapportant un dialogue entre Socrate et l'un de ses disciples ...

— *Un jour un disciple vient voir Socrate et lui dit : « Écoute Socrate, il faut que je te raconte comment ton ami s'est conduit »* ...

— *« Arrête ! dit l'homme sage. As-tu passé ce que tu as à me dire à travers les trois tamis ? »* ...

— *« Les Trois tamis ? » a demandé le disciple très étonné* ...

— *« Hé oui mon bon ami : les trois tamis », a répondu Socrate, « Examinons si ce que tu as à me dire peut passer par les trois tamis. Le premier est celui de la vérité. As-tu contrôlé si tout ce que tu veux me raconter est vrai ? »* ...

— *« Non je l'ai entendu raconter et ... »* ...

— *« Bien. Mais assurément, tu l'as fait passer à travers le deuxième tamis : celui de la bonté. Est-ce que ce que tu veux me raconter, si ce n'est pas tout à fait vrai, est au moins quelque chose de bon ? »* ...

Hésitant, l'autre a répondu :

— *« Non, ce n'est pas quelque chose de bon, au contraire ... »* ...

— *« Hum, a dit le sage, essayons de nous servir du troisième tamis, et voyons, ce que tu as envie de me raconter, est-ce utile ? »* ...

— *« Utile ? Heu non, pas précisément ... »* ...

L'androïde amoureux

— *« Eh bien ! dit Socrate en souriant, si ce que tu as à me dire n'est ni vrai, ni bon, ni utile, je préfère ne pas le savoir, et quant à toi, je te conseille de l'oublier … ».*

— Cette anecdote circule sur les réseaux sociaux, et bien qu'elle ne figure pas dans les écrits de Platon, comme certains le prétendent, enchaina le professeur, je trouve qu'elle pourrait très bien correspondre à un dialogue dont Socrate avait le secret. Et je trouve également que cela donne un exemple concret de ce qu'est un sage dans la vie de tous les jours …

Il s'en suivit alors une bonne demi-heure de discussion autour du thème de la sagesse au quotidien dans ce monde moderne, puis à l'approche de la fin de la séance, le prof décida de revenir sur les propos du jeune étudiant qui l'avait interpellé.

— Voyez-vous jeune homme, dit Mac Orlan en se tournant à nouveau vers celui qui avait posé la question en début de séance, vous avez fait preuve de courage en osant vous interroger à propos de la philosophie, mais avez-vous fait acte de sagesse ? Avez-vous fait passer le test des trois tamis à votre question de tout à l'heure ?

— Eh bien non, je ne crois pas, enchaina le prof. En citant Paul Valery qui affirme que « la philo ne sert à rien », vous n'avez pas utilisé le tamis du doute sur la véracité de son assertion et rien ne prouve que ce monsieur soit dans le vrai ! Vous êtes-vous interrogé si ce qu'il disait était « quelque chose de bon » ? certainement pas n'est-ce pas ? Et vous êtes-vous demandé si cette polémique avait une quelconque utilité ? Assurément non !

— Alors, même si elle n'est pas dépourvue de pertinence, conclut-il, la question de l'intérêt de la philosophie ne peut pas être posée, avec en préalable, une affirmation du contraire ! Vous

L'androïde amoureux

avez donc, jeune homme, encore quelques progrès à faire pour atteindre la sagesse …

La salle était restée muette durant tout le temps de l'exposé de Mac Orlan et après cette dernière déclaration du prof, on sentit comme une quiétude envahir l'hémicycle à l'approche de la fin du cours.

— Mesdames, mesdemoiselles, messieurs, dit le prof, pour ceux que cela intéresse, je les invite à traiter le sujet de la sagesse en répondant à la question : Veuillez donner quelques exemples actuels et concrets de ce que peut être la sagesse ? Vous êtes priés de m'envoyer les sujets à mon adresse électronique d'ici deux semaines. Je lirai les meilleurs extraits de vos copies corrigées dans trois semaines. Je serai ravi de vous retrouver la semaine prochaine, même lieu, même heure, bonne fin de journée !

L'androïde amoureux

Comme il avait coutume de le faire après chacun de ses cours, Mac Orlan attendait que tous les étudiants aient quitté l'amphithéâtre avant de sortir du bâtiment. Il aperçut alors l'étudiante descendre les travées et se diriger droit vers lui. C'était une jeune femme au physique très agréable, avec une longue chevelure blonde, de grands yeux bleus, et vêtue, comme beaucoup de gens à cette époque de l'année, avec des habits chauds, en raison d'un automne précoce et de quelques gelées matinales.

Mac Orlan devina sa silhouette svelte et son anatomie très féminine malgré un chemisier ample et un pantalon pas très près du corps. Il se souvenait à présent l'avoir déjà aperçue, depuis quelques semaines, assise toujours au même endroit, au premier rang des travées de l'amphithéâtre, qui écoutait attentivement ses exposés.

> — Bonjour professeur Mac Orlan, dit-elle d'une voix douce en souriant, je tenais à vous dire que j'ai beaucoup apprécié votre exposé sur la sagesse et aussi la finesse dont vous avez fait preuve face à cet étudiant contestataire.

Maintenant qu'elle était tout proche de lui, le professeur put remarquer qu'elle était grande, avec un port de mannequin, sans maquillage, un joli sourire et une lueur étrange dans le regard.

> — J'en suis ravi mademoiselle, répondit le prof, mais cela fait partie de mon métier, et de mon expérience, car des situations comme celle-ci, j'en ai rencontré souvent.

> — Sans doute, observa-t-elle, mais à en juger par les commentaires des personnes autour de moi, je ne suis pas la seule à avoir perçu la même sensation.

> — Je vous remercie pour ce compliment qui me va droit au cœur, affirma Mac Orlan, mademoiselle ?

L'androïde amoureux

— Maé-Lou, c'est mon prénom, dit-elle toujours souriante, je suis auditrice libre et je souhaite approfondir certains concepts que seule la philosophie est en mesure d'aborder.

— Maé-Lou, c'est original, releva-t-il, quelle est donc l'origine et la signification de ce prénom ? si tel est le cas bien sûr !

Elle eut une mimique dubitative du visage avant de répondre :

— Je n'en ai aucune idée, dit-elle, je crois savoir qu'il est d'origine « vieille France », mais je ne sais pas s'il a une signification particulière.

Il venait en effet de remarquer qu'elle s'exprimait avec un léger accent étranger mais il n'aurait pu dire lequel, Russe peut-être, pensa-t-il.

— Vous voulez vous consacrer à la philosophie ? demanda-t-il intrigué.

— Oh non ! dit-elle avec un éclat de rire qui fit ressortir sa dentition blanche et parfaite, j'en suis bien incapable ! je n'ai pas cette ambition, je veux seulement comprendre quelques évidences de cette matière pleine d'humanité, et pour cela, j'ai la certitude d'avoir choisi le meilleur professeur de cette discipline. Vous ! professeur Mac Orlan !

Elle le fixait droit dans les yeux et il eut le sentiment un court instant de déceler un zeste d'admiration dans son regard. Il pensa aussitôt qu'il était en train d'imaginer ce qu'il avait envie de voir, sans pour autant que cela corresponde à la réalité.

— N'exagérons rien, objecta-t-il avec un sourire légèrement embarrassé. D'ailleurs si j'étais le meilleur de la discipline comme vous le prétendez, vous n'auriez pas avoué être incapable de vous consacrer à la philo, mais vous auriez, au contraire, rebondi en affirmant, qu'avec un prof pareil, vous seriez prête d'ici peu à philosopher ...

Elle éclata de rire avec un geste d'impuissance :

L'androïde amoureux

— Eh bien voilà ! dit-elle, je viens de rater mon premier oral de philo !

— Pas du tout ! répliqua Mac Orlan, contrairement aux autres disciplines, la philosophie, ne se conçoit pas comme une relation "maître à élève" en instaurant une forte hiérarchie, mais plutôt celle de "disciple", basée sur le dialogue et l'égalité du jugement …

— Me considérez-vous comme votre disciple ? questionna-t-elle en l'interrompant avec étonnement.

Ce fut lui qui, à son tour, eut un large sourire.

— Mais bien sûr, dit-il en reprenant son sérieux, il n'y a aucune exception à cette règle.

— Je suis très honorée, avoua-t-elle dans un murmure.

— Cependant, dit-il, je suis très … surpris, mais agréablement bien sûr, qu'une jeune femme comme vous ait choisi la philosophie, car d'ordinaire, les jeunes gens de votre âge s'intéressent davantage à des sujets plus terre-à-terre comme la technologie, le droit ou bien les affaires …

— Sans doute, répondit-elle, je comprends que cela puisse intriguer, mais c'est ainsi, comprendre l'être humain m'a toujours fascinée et, avec vous, j'ai une occasion de satisfaire une aspiration profonde.

— Ce sera avec grand plaisir, répliqua-t-il en guise de conclusion.

Mac Orlan jeta un regard circulaire sur la grande salle de cours pour constater que tous les étudiants avaient déserté les lieux et il déclara :

— Maé-Lou, dit-il, je crois qu'il est temps de rentrer. J'ai été heureux de vous rencontrer.

— Nous nous reverrons, soyez-en sûr, affirma-t-elle avec un sourire qu'il interpréta comme étant malicieux. Je suis absolument fan

L'androïde amoureux

de vos cours que je trouve passionnants. J'aimerais savoir m'exprimer comme vous, avec clarté et simplicité, mais toujours avec une grande cohérence. Bonne fin de journée professeur Mac Orlan !

Il n'eut pas le temps de répondre car elle avait déjà pris la direction de la sortie. Mac Orlan la regarda s'éloigner, montant les marches avec vivacité et grâce, tout en admirant ses courbes généreuses et il pensa qu'elle devait faire des ravages chez les jeunes gens de son âge.

L'androïde amoureux

II – LE PROFILER

Quelques jours plus tard, Mac Orlan avait terminé ses cours et quittait à pied la faculté en direction de la grande place voisine, lorsqu'il aperçut de loin, les gyrophares de la voiture de police qui stationnait tout près de la Porte des Universités. Il s'approcha du véhicule puisqu'Amira Calderon, l'inspectrice de police qu'il connaissait bien, lui avait fixé rendez-vous à la sortie de ses heures d'enseignement.

Amira Calderon était debout, devant le FluidCar, pendant que son adjoint Pascal Rywan, était resté à l'intérieur, bien au chaud. C'était une belle femme, d'une trentaine d'années, avec une longue chevelure brune qui restait discrètement cachée sous son képi d'uniforme de flic. Elle était grande avec des proportions et des formes qui lui donnaient une allure sportive mais féminine. Rywan lui, était plutôt petit et râblé, avec des habits passés de mode et trop étriqués pour sa corpulence. Une barbe inesthétique semblait faire office de compensation à une calvitie bien avancée pour son âge.

Lorsqu'elle vit arriver Mac Orlan, l'inspectrice fit un geste du bras pour attirer son attention.

— Bonjour Amira, salua le prof une fois survenu à leur hauteur, vous allez bien ? cela faisait un bon moment que vous ne m'aviez pas donné signe de vie.

— Je vais très bien, merci Anoop, répondit-elle avec un grand sourire, en serrant la main tendue du professeur, j'ai toujours plaisir à vous revoir. Vous m'avez l'air en pleine forme vous !

L'androïde amoureux

— Oui, ça va, et c'est réciproque, vous êtes mon flic préféré. Salut à vous Pascal, dit Mac Orlan en serrant la main de Rywan. Qu'est-ce donc qui vous amène ?

— Allez, montez ! répliqua simplement Amira Calderon, nous vous emmenons au commissariat !

— On va croire que les flics m'embarquent ! se plaignit le prof, ma réputation va en prendre un coup !

— Soyez heureux encore que l'on ne vous mette pas les menottes ! ricana Amira Calderon.

L'inspectrice éclata de rire pendant que Rywan démarrait en trombe avec les gyrophares et la sirène à fond.

— Faut bien rigoler un peu de temps en temps, ce n'est pas drôle tous les jours ! hurla l'adjoint pour se faire entendre.

Après quelques contorsions dans le trafic dense de la fin de journée, ils parvinrent dans le parking du Commissariat Central. Puis, très vite, ils regagnèrent le bureau de l'inspectrice, bien au chaud. Une fois qu'ils furent bien installés devant une tasse de thé, ce fut Amira Calderon qui prit la parole :

— Anoop, dit-elle sur un ton grave, si vous êtes là c'est que nous avons besoin de vous, vous l'avez compris. Nous avons besoin de vos lumières à propos d'une affaire qui nous empoisonne l'existence.

Mac Orlan restait muet en attendant la suite des explications de la policière. Certaines personnes, notamment parmi ses collègues, connaissaient l'activité du prof de philo consistant, en plus de son enseignement, à publier des articles dans la fameuse revue mensuelle *The Journal of Philosophy* et dans le *Monitor on Psychology, of the American Psychological Association (APA)*. Mais tout le monde ignorait que Anoop Mac Orlan était également, à ses heures perdues, un redoutable profiler. Il lui arrivait en effet, mais c'était très occasionnel,

L'androïde amoureux

de travailler avec la police fédérale et de mettre sa science de l'esprit humain au service de certaines investigations dans les plus difficiles affaires criminelles.

Amira Calderon s'empara d'une télécommande et, aussitôt, une image holographique 3D apparut projetée dans l'espace face à eux.

> — L'affaire qui nous préoccupe, reprit-elle, a commencé il y a deux mois environ avec le meurtre de mademoiselle Alyssa Russel, une jeune étudiante, dont le corps a été retrouvé dans le quartier des universités, non loin du lieu où vous travaillez …

Quelques photos défilèrent sous les yeux du professeur, montrant, sous différents angles, le corps d'une jeune femme semblant dormir allongée sur l'herbe.

> — Alyssa était une étudiante de vingt-deux ans qui était logée dans le campus universitaire et elle a été poignardée le 5 septembre dernier vers 11 heures du soir. Peut-être d'ailleurs était-ce l'une des étudiantes qui suivait vos cours ?

Mac Orlan répondit négativement sans un mot, d'un signe de la tête.

> — L'autopsie a révélé que l'arme du crime est une arme blanche, poursuivit l'inspectrice, une arme très acérée, comme un instrument de chirurgie ou bien un poinçon très fin. Elle n'a pas souffert car elle est morte instantanément d'un coup porté au cœur et elle n'a subi aucune violence sexuelle. Aucune mutilation sur le corps, aucun mobile pour cet acte abominable, même pas le vol, puisque son sac a été retrouvé à quelques mètres de là, tout près du corps qui a manifestement été transporté sur une courte distance, sans doute pour le cacher. Des questions ?

Le prof secoua la tête pour signifier qu'il n'avait pas de question. Il paraissait très concentré, le regard fixé sur les images de la scène de crime.

L'androïde amoureux

— Le 15 octobre dernier, continua Amira Calderon, le corps de Selena Gardner, vingt ans, a lui aussi été découvert dans les jardins du campus universitaire, non loin du premier meurtre. Là également, l'autopsie a révélé le même type d'arme que celle du précédent crime et celui-ci a eu lieu vers deux heures du matin.

De nouvelles photos apparurent pour attester d'une scène de crime assez comparable à la précédente, montrant un corps de jeune femme intact, gisant inanimé sur le sol au milieu des arbres de l'un des jardins qui bordaient la cité universitaire.

— Selena Gardner n'a pas subi de violences, enchaina la policière, et l'examen de la victime n'a pas permis de relever une marque quelconque sur son corps. Le mobile du crime est également mystérieux, puisque le vol peut être écarté dans ce cas aussi. Etait-ce l'une de vos étudiantes ?

Mac Orlan, les dents serrées, hocha la tête négativement, toujours sans prononcer un mot, scrutant les images.

— Enfin, c'est le corps d'Elvire Rawding, vingt-trois ans, étudiante elle-aussi, que nous avons trouvé toujours dans ce même quartier des universités, enchaina Amira Calderon. L'autopsie a permis de déterminer l'heure approximative du crime, vingt-et-une heure il y a une semaine à peine, et de conclure, j'ai l'impression de me répéter, que l'arme du crime était une arme blanche, que le corps n'avait pas subi de violences et que le vol ne pouvait pas être retenu comme le mobile du meurtre.

D'autres images, insupportables tout comme les précédentes, montraient une scène de crime similaire aux deux autres. Mac Orlan semblait très affecté par ces vidéos et restait prostré, assis sans ouvrir la bouche.

— Je suppose que vous ne la connaissez pas non plus ? demanda la policière d'une voix triste.

L'androïde amoureux

— Non, répondit le prof sortant de son mutisme, je ne la connais pas, mais cela pourrait en effet être l'une de mes étudiante comme les deux autres. Avez-vous pu établir s'il y avait un lien entre ces trois meurtres ?

— C'est bien entendu l'une des choses que nous avons recherchée en priorité, dit Amira Calderon, mais à ce jour, nous n'avons rien trouvé d'autre en dehors du fait qu'elles fréquentaient toutes les trois l'une des universités du quartier. Alyssa faisait des études de Droit, Selena de l'Histoire ancienne et Elvire des mathématiques. Deux d'entre elles disposaient de chambres dans la cité universitaire et la troisième logeait chez l'habitant à proximité des facultés. Elles n'avaient pas les mêmes horaires de cours, pas du tout les mêmes profs et semblaient avoir des vies privées totalement dissociées ...

— Ce qui les unit, poursuivit l'inspectrice avec une certaine colère dans la voix, c'est le fait d'habiter ce quartier, vivant le jour mais désert le soir et surtout la nuit, et d'avoir été au mauvais endroit au mauvais moment, celui choisi par un tueur en série psychopathe pour assouvir ses pulsions criminelles ! laquelle sera la suivante ?

— Je trouve étrange que ces informations n'ont pas circulé dans la presse grand public, observa Mac Orlan, en tout cas cela n'est pas parvenu jusqu'à moi.

— Jusqu'au meurtre de la semaine dernière, répondit Amira Calderon, nous n'avions pas fait nous-mêmes de rapprochement entre les deux premiers assassinats. En effet, les crimes ayant pour victime de jeunes femmes ne sont pas rares dans ce pays et avec l'absence de sévices corporels, cela n'avait pas éveillé nos soupçons.

L'androïde amoureux

— Eh bien, demanda le prof, cela ressemble à pas mal d'affaires auxquelles vous êtes couramment confrontés, alors pourquoi faire appel à moi ?

La policière prit un court instant de réflexion avant de répondre :

— Ça n'est pas moi qui vais vous apprendre, monsieur le professeur, dit-elle avec un brin de raillerie dans la voix, que chez les tueurs en série psychopathes, ou « serial killers » comme vous préférez, on distingue le "mode opératoire" de la "signature", n'est-ce pas ?

— Or, depuis une semaine, poursuivit-elle, Pascal et moi nous efforçons de trouver cette foutue signature et nous n'y parvenons pas. Autant le mode opératoire paraît évident, le tueur exécute ses victimes à partir de la tombée de la nuit, dans un quartier peu fréquenté, celui des universités, et il attend de croiser une malheureuse étudiante qui a la mauvaise idée de passer par là. Probablement, il la suit et au moment opportun il lui assène un coup de poignard ou de dague ou autre outil très pointu en plein cœur, puis il abandonne ses victimes sur place ou bien, si elles sont trop voyantes, il les traine jusqu'à un fourré voisin. Avons-nous juste jusque-là professeur ?

Mac Orlan esquissa un sourire tout en acquiesçant de la tête.

— Mais nous sommes incapables, enchaina-t-elle, de repérer une quelconque trace sur le corps des victimes ou bien sur les lieux des crimes qui pourrait faire office de signature. Et pourtant, si je me souviens bien, lors de mon cursus de criminologie, l'enseignant disait : « la signature est la personnalisation de son crime, un acte compulsif, quelque chose que le tueur ne peut s'empêcher de faire et qui est quasiment inconscient ». eh bien dans ces trois cas, qui sont manifestement l'œuvre d'un même tueur psychopathe, il n'y a aucune trace de signature !

L'androïde amoureux

Les deux policiers regardaient désormais le prof avec espérance et insistance comme s'il était nécessairement détenteur d'une solution à leur fournir sur le champ. Mac Orlan avait le regard fixé sur la dernière image du projecteur qui zoomait sur le corps d'Elvire et qui était resté en état de marche.

— Vous avez répété à plusieurs reprises le mot « psychopathe », finit-il par répondre, en psychologie criminelle, on fait bien la distinction entre un assassin psychotique et un psychopathe. Dans le cas qui se présente ici, je vous l'accorde, les premiers indices laissent à penser que nous avons affaire à un psychopathe, en raison, notamment, du fait que les crimes semblent avoir été prémédités et accomplis avec une arme portée sur soi, toujours la même, alors qu'avec le psychotique, autrement dit l'aliéné, on peut s'attendre à ce qu'il agresse une victime sans préméditation, et donc en utilisant une arme de fortune. Il est également rare que les psychotiques passent à l'acte plusieurs fois d'affilée comme le font les psychopathes.

— Pourtant, l'examen des scènes de crime, poursuivit-il, nous amène à la constatation qu'il n'y a pas de signature, ou du moins qu'elle est bien cachée si elle existe, pas plus que de violences sexuelles, ce qui est souvent le cas avec les psychopathes, alors il est trop tôt, à mon sens, pour conclure sur ce point. Mais, à ce stade de l'enquête, psychotique ou bien psychopathe, il faut bien reconnaitre que cela n'a qu'une importance toute relative.

— Il est certain, en revanche, enchaina-t-il, que ces trois crimes ont perpétrés par une seule et même personne. Probablement un homme, je crois que l'on peut exclure l'œuvre d'une femme, suffisamment agile pour rattraper des jeunes gens, à moins qu'il ne les surprenne après les avoir abordé, et suffisamment informé sur la disposition des organes dans le corps humain pour savoir frapper droit au cœur avec une telle efficacité ...

L'androïde amoureux

— Un médecin ? voire un chirurgien ? questionna Rywan qui n'avait encore rien dit mais qui écoutait avec attention.

— Oui, approuva le prof, pourquoi pas ?

— Dommage qu'elles ne faisaient pas des études de médecine, remarqua l'inspectrice, on aurait eu une piste sérieuse.

— Avez-vous vérifié si elles avaient le même médecin ? demanda Mac Orlan.

Les deux policiers se regardèrent ébahis, manifestement furieux de n'avoir pas pensé à cette éventualité.

— Je me charge de procéder à cette vérification au plus vite, assura l'adjoint.

— Il faut également éplucher la liste de tous les praticiens et professionnels médicaux assimilés qui sont dans le voisinage, poursuivit Mac Orlan, y compris dans les établissements sanitaires de toute nature et vérifier leurs antécédents pénaux ou bien psychiatriques. Cela va sans doute prendre du temps, mais ma première idée est que le profil psychologique du tueur pourrait correspondre à un professionnel de santé …

— Mais je vais vous demander un peu plus de temps, dit le prof. Donnez-moi une copie du dossier et je vais l'étudier plus calmement, ensuite je vous ferai part de mes conclusions, si conclusions il y a …

— Entendu Anoop, déclara Amira Calderon en lui tendant une clé support de données, tenez voici une copie des pièces essentielles du dossier, j'avais prévu que vous auriez besoin de ces éléments pour procéder à une analyse plus approfondie et je les ai préparés …

Le prof prit l'objet et le mit prestement dans une poche de sa veste en lui lançant un clin d'œil.

L'androïde amoureux

— Faites-nous signe lorsque vous aurez quelque chose, et si c'est pertinent, je vous paye le restaurant ! ajouta-t-elle avec un sourire enjôleur et complice.

— Ce sera avec grand plaisir ! dit-il en prenant le chemin de la porte.

— A partir de maintenant, déclara-t-elle solennellement, vous faites officiellement partie de l'équipe chargée de la chasse au tueur en série, comme un flic, avec ses obligations et ses prérogatives. Pour vos émoluments, vous vous référerez à l'article 11 du contrat que vous avez signé avec le Département de Criminologie.

Mac Orlan hocha la tête en signe d'approbation.

— Autant dire une misère ! Commenta le prof en se retournant avec un sourire.

— Je vous raccompagne ? questionna l'adjoint.

— Inutile ! répondit Mac Orlan avec un salut de la main, je vais prendre le FluidSubway, il me laisse devant chez moi.

Il était déjà sorti alors qu'Amira Calderon le suivait encore du regard et Rywan crut y percevoir une lueur d'admiration.

L'androïde amoureux

III – LES ÉMOTIONS

Comme à son habitude, Anoop Mac Orlan, debout sur son estrade, patienta le temps que tous les étudiants prennent place dans le grand amphithéâtre avant de commencer son exposé du jour. Il jeta un rapide coup d'œil circulaire pour constater qu'il reconnaissait certains habitués, à commencer par Maé-Lou, toujours fidèle au premier rang :

— Aujourd'hui, dit-il, je vous propose d'étudier les notions de sciences humaines extrêmement importantes en répondant à la question : quelles sont les différences entre émotions, sentiments et passions ? Ensuite, sera abordée la question de l'antagonisme entre la raison et la passion, autre sujet de questionnement classique en philosophie. Y a-t-il des questions préalables ? du genre ... à quoi ça sert d'étudier les émotions, les sentiments ou autres passions ? je me ferai un plaisir d'y répondre ...

Il attendit quelques secondes avant de poursuivre :

— Une émotion est quelque chose de physique, qui entraîne des réactions physiologiques brutales à un évènement extérieur, commença-t-il. Elle se manifeste par des tremblements, des larmes, des cris ... l'émotion tend à envahir le corps tout entier, durant un court laps de temps, quelques minutes ... puis la raison reprend le dessus avec la conscience qui va tenter d'objectiver l'irrationnel de l'état émotif ...

— C'est le cas, par exemple, lorsqu'on découvre la présence proche d'un serpent, poursuivit-il, la première réaction c'est l'émotion de la peur, voire de la panique pour ceux qui souffrent

L'androïde amoureux

d'ophiophobie, la peur maladive des serpents. Le sujet peut alors avoir de violentes réactions physiques totalement incontrôlables comme, par exemple, l'accélération du rythme cardiaque, ou même une transpiration et des rougeurs cutanées. Puis, il va progressivement prendre conscience, et l'émotion va céder la place au sentiment : « j'ai peur, mais quelle est la raison précis de cette peur et la nature du danger ? » ...

— On dit parfois que le sentiment, par opposition à l'émotion de courte durée, est comme la « conscience de l'émotion », c'est à dire un retentissement intérieur durable qui s'inscrit dans notre mémoire. La raison tente de prendre le contrôle sur l'émotion pour la convertir en un sentiment plus psychique que physique, de nature moins violente ... la peur des serpents par exemple, lorsqu'elle n'est pas un trouble psychique, peut très bien être un sentiment durable mais très supportable ...

— Lorsque la raison ne peut venir à bout d'une émotion, celle-ci devient durable et c'est ce qu'on appelle alors la passion, c'est-à-dire une impulsion du plus profond de notre être qui submerge notre entendement et s'impose à nous malgré nous. Ce qui caractérise la passion, c'est sa violence, le plus souvent dans la durée ...

— Selon une école de pensée philosophique, le sentiment n'est qu'une « émotion prolongée » et la passion, sentiment très vif et durable, est une « émotion à l'état chronique ». Malgré de nombreuses tentatives à travers les siècles, les philosophes se sont employés, en vain, à donner une classification rigoureuse des émotions. En effet, Bossuet, Descartes, Spinoza, Kant et bien d'autres ont essayé de mettre de l'ordre dans l'ensemble confus des émotions.

— Comme lors de chacun de mes exposés que je juge important, enchaina-t-il, je tiens à illustrer mes propos avec une fable, une historiette ou bien une anecdote qui a pour but de rendre plus

L'androïde amoureux

concrets les concepts philosophiques. C'est pourquoi, à l'occasion du cours sur les émotions, je prends toujours plaisir à raconter l'histoire d'amour d'Orphée et Eurydice, ces personnages sortant tout droit de la mythologie grecque.

— *Orphée avait reçu de sa mère, la muse Calliope, le don merveilleux de la musique, alors les dieux lui firent cadeau d'une lyre magique, conçue par Hermès. Les Muses lui apprirent à en jouer et il montra dès son enfance de grandes dispositions pour la musique et la poésie. Sa musique charmait tous les êtres qui l'entouraient, aussi bien les bêtes les plus féroces que les monstres et, dit-on, il attendrissait même les rochers et les arbres qui se déplaçaient pour l'écouter. Bien sûr, aucune jeune fille ne pouvait résister aux notes tendres et apaisantes de ses mélodies, mais aucune ne trouvait grâce à ses yeux car lui rêvait de rencontrer sa dulcinée ...*

— *Puis, il rencontra l'envoûtante Eurydice, une hamadryade, Déesse de la forêt, qui incarnait la force tranquille des arbres et particulièrement celle des chênes, dont il tomba éperdument amoureux. Leur amour était si parfait, si profond et si pur qu'ils décidèrent très rapidement de se marier ...*

— *Mais ce bonheur idyllique allait être troublé par un drame atroce. Eurydice fut mordue malencontreusement à la cheville par un serpent venimeux. En vain Orphée tenta de détruire l'effet du poison en employant le suc des plantes, mais rien n'y fit, et Eurydice mourut sous ses yeux. Orphée, fou de désespoir et de chagrin, se rendit à la porte des Enfers, le royaume d'Hadès, l'impitoyable Dieu des Morts, dans l'espoir de ramener sa bien-aimée ...*

L'androïde amoureux

— *Courageusement, Orphée descendit au Tartare, et non seulement il charma par sa musique le terrible chien Cerbère à trois têtes, gardien des Enfers, mais il adoucit à tel point l'insensible Hadès et son épouse Perséphone qu'il obtint la permission de ramener Eurydice dans le royaume des vivants, à la seule condition qu'Orphée ne se retourne pas tant qu'elle n'a pas atteint la rive des vivants et la lumière du soleil …*

— *Orphée et Eurydice se mirent alors en route et ils aperçurent rapidement la lumière du jour. Alors qu'ils allaient enfin quitter les Enfers, le jeune homme oublia sa promesse, et se retourna pour contempler sa bien-aimée … pour son plus grand malheur… la jeune fille retomba aussitôt dans les abîmes. Orphée, accablé de douleur, avait vu Eurydice pour la dernière fois !*

— On voit, à travers cet exemple, que l'âme humaine peut, dans un courts laps de temps, éprouver une palette d'émotions, de sentiments et parfois même de passions, surtout lorsqu'il s'agit d'amour !

Le prof s'arrêta un instant pour boire un verre d'eau et pour évaluer l'impact de ses propos sur la salle et il remarqua que plusieurs personnes semblaient prêtes à réagir. Après un long échange sur le sujet du jour, le prof se préparait à conclure la séance :

— Pour ceux que cela intéresse, je les invite à traiter le sujet des émotions en répondant à la question : Veuillez donner, selon vous, toutes les émotions contenues dans cette anecdote de la mythologie grecque ? Vous êtes priés, comme à l'accoutumée, de m'envoyer les sujets à mon adresse électronique d'ici deux semaines et je lirai les meilleurs extraits de vos copies corrigées dans trois semaines.

L'androïde amoureux

— Vous aviez promis, Monsieur, d'aborder les notions de passion et de raison, n'est-ce pas ? interrompit la voix ferme et assurée de Maé-Lou.

Mac Orlan eut un instant d'hésitation avant d'admettre avec un grand sourire :

— Vous avez raison mademoiselle, puisqu'en philosophie, on ne peut évoquer la notion de passion, enchaina-t-il aussitôt, sans parler de l'opposition entre la passion et la raison. Pour le stoïcisme, encore une école de pensée philosophique, les passions ne sont pas bénéfiques et leur maîtrise, voire la répression de tous les désirs, sont la condition sine qua non de la sagesse et donc du bonheur. Pourtant Hegel affirmait que « rien de grand ne s'est fait sans passion ». Les hommes agissent dans la fièvre de leurs passions, mais au bout du compte, c'est la raison qui poursuit un but et qui oriente leurs choix. C'est la vision moderne de l'antinomie entre passion et raison, l'idée qu'au fond, la raison « ruse », c'est-à-dire se sert des passions de l'être pour assouvir ses vrais désirs ....

— Et il est difficile d'aborder le sujet des passions sans faire état de l'amour-passion, déclara-t-il. L'amour-passion, qui prend naissance quelquefois dans ce que l'on nomme le « coup de foudre », peut apparaître en fait à partir de peu de chose, une voix, un regard, une plastique, une odeur ou encore une simple couleur de peau. Il s'installe alors dans l'être et ravage son esprit. L'individu devient capable de tout, contre toute morale et il met tout en œuvre pour l'accomplissement de la passion qui l'envahit ...

— Lorsqu'on demande à des couples, que préférez-vous vivre, amour-raison ou bien amour-passion ? poursuivit-il, certains répondent : « les deux ! ». Mais, ce souhait ne peut, hélas, être exaucé, car dès lors que la passion a pris possession de l'être, celui-ci a, du même coup, perdu la raison. En effet, le passionné peut avoir, durant un bref instant, des moments de semi-lucidité et voir dans quel état la passion l'a jeté, mais la force du désir est si grande qu'elle a tracé un sillon que la conscience n'a plus qu'à suivre ...

Il fit une pause pour laisser le temps aux étudiants de digérer ses propos. Il allait inviter les étudiants à se séparer lorsqu'un message urgent attira son attention sur son visiophone.

— La fin du cours est proche, reprit-il, mais, puisqu'on parle des passions, il est de circonstance que je vous mette en garde en lisant un message que les autorités de police tiennent à adresser surtout à vous, les jeunes femmes ...

Mac Orlan manipula une télécommande et un message holographique fut aussitôt projeté en grosses lettres sur le grand écran de la salle, visible de tous :

"La police signale qu'un tueur en série rode depuis quelques semaines dans le quartier des universités. Il semble opérer principalement le soir ou la nuit et jusqu'ici il a déjà frappé trois fois. C'est pourquoi nous déconseillons, pour l'instant, aux jeunes femmes habitant ce quartier de s'aventurer seules dès la nuit tombée."

Une lumière orange s'était allumée dans les gradins pour demander la parole. Il s'agissait d'un jeune homme que le prof autorisa à parler :

— Monsieur, dit-il en se levant, vous avez invoqué ce cours sur les passions pour introduire le message d'alerte que nous venons de voir, puis-je exposer ce que j'ai compris de la raison qui vous a poussé à faire ce lien ?

— Mais je vous en prie, jeune homme, répondit Mac Orlan, donnez donc votre explication ...

— Eh bien, dit le jeune homme, je pense que, puisqu'il s'agit d'un tueur en série, ou un serial killer si on préfère, on a affaire à une personne qui a un désir de tuer qui s'apparente à une passion, et comme vous venez de le dire, une passion s'impose à la raison. Ai-je bien raisonné, monsieur ?

— Parfaitement, félicitations jeune homme, assura le prof, vous avez parfaitement compris pourquoi j'ai fait cet enchainement. D'autres questions ?

D'autres lumières orange apparurent et Mac Orlan accepta la question d'une étudiante :

— Monsieur, demanda-t-elle, avez-vous d'autres précisions concernant le fou qui circule dans le quartier et qui a déjà assassiné trois personnes, quelques détails sur son apparence, sa personnalité ou bien toute autre information utile ?

— Eh bien, les autorités n'ont rien précisé concernant le tueur, répondit le prof, et on peut le comprendre, dans la mesure où les éléments communiqués peuvent parfois compromettre les chances de l'attraper, cependant je crois savoir qu'il vous est conseillé de ne faire confiance à personne, y compris dans votre entourage proche, même celui qui vous paraît le plus sûr. La seule chose qui est établie avec certitude c'est qu'il opère dès la nuit tombée, dans ce quartier où nous sommes, mais rien ne s'oppose à ce qu'il puisse changer de mode opératoire et choisir ses victimes de jour, ou bien dans un autre quartier ...

— C'est pourquoi, poursuivit-il, il est préférable de vous méfier de tout le monde et à tout instant ! alors soyez prudentes mesdames et mesdemoiselles !

— Même de vous ? entendit-il murmurer par une voix inconnue quelque part dans les travées.

— Oui ! même de moi ! s'écria-t-il avec un sourire. La séance est close !

L'androïde amoureux

Mac Orlan avait attendu que tous les étudiants quittent l'amphithéâtre avant de se préparer à partir, lorsqu'il aperçut Maé-Lou qui se dirigeait vers lui. Elle portait un pull noir moulant et un pantalon de velours sous une veste de saison chaude de couleur brun, ses longs cheveux blonds étaient noués en queue de cheval, ce qui dégageait son beau visage ovale.

Lorsqu'elle fut tout près de lui, il remarqua à nouveau dans le regard de la jeune femme cette lueur indéfinissable qui l'intriguait.

> — Bonjour professeur Mac Orlan, dit-elle, avez-vous quelques minutes ?

> — J'ai toujours un peu de temps à consacrer à mes disciples, répondit-il avec un sourire.

> — Je voulais vous dire que j'ai particulièrement aimé votre exposé sur les émotions, enchaina-t-elle sans relever sa plaisanterie. C'est un sujet qui me … non pas qui me passionne … maintenant que je sais ce qu'est la passion, mais qui m'attire en tout cas. Et j'avais beaucoup de questions à poser, mais cela aurait fait déborder le temps imparti pour cela, et puis, avec cette … alerte, mes questions auraient parues dérisoires.

> — Oui, dit-il, vous avez raison, les questions philosophiques paraissent futiles lorsque l'actualité est relative à de tels faits, et j'avoue que la traditionnelle séance des questions sur le cours en a été fortement perturbée.

> — Alors, professeur Mac Orlan, répliqua-t-elle aussitôt, peut-être m'accorderez-vous un entretien pour que je puisse vous poser quelques questions, dans un lieu et à une heure à votre convenance …

> — Mademoiselle, interrompit le prof, je suis au regret de refuser, j'ai pour principe de ne pas avoir de lien d'aucune nature en

L'androïde amoureux

dehors des cours avec mes étudiants et plus particulièrement avec mes étudiantes …

Elle regarda avec un air qui semblait exprimer la surprise.

— Vous comprendrez aisément pourquoi … ajouta-t-il d'une voix basse comme s'il s'excusait.

— Eh bien, non, dit-elle d'une voix ferme, je ne comprends pas très bien de quelle logique ce principe relève, étant donné que vous m'avez dit il y a une semaine que nous faisions partie de vos disciples, et qu'à ce titre, le dialogue était toujours possible avec vous. Vous venez à l'instant de reconnaitre que la séance des questions avait été tronquée en raison d'une alerte de sécurité, et tout cela, mis bout à bout, ne me parait pas cohérent …

— Pour quelqu'un chez qui j'ai trouvé beaucoup de cohérence jusqu'ici, insista-t-elle, je ne vois où est la cohérence dans votre position de principe.

Mac Orlan la regarda en souriant, ne sachant pas très bien comment réfuter les arguments de la jeune femme, il déclara :

— Eh bien, bravo ! voilà un exercice de rhétorique exemplaire ! s'émerveilla-t-il. je n'ai pas d'argument à opposer si ce n'est celui qui consiste à objecter que je ne peux pas consacrer du temps individuellement pour chacun de mes étudiants et, donc, pourquoi ferais-je une exception pour vous ?

— Mais rien ne les a empêchés de faire comme moi et d'attendre le moment propice pour solliciter de bénéficier du même temps ! rétorqua-t-elle avec aplomb.

Le prof marqua un court instant de pause, plongé manifestement dans un dilemme qu'il dénoua très vite :

— Parfait ! dit-il, je vais faire une exception à la règle et vous accorder un entretien au sujet du cours d'aujourd'hui, finit-il par accepter du bout des lèvres.

L'androïde amoureux

— Ce sera l'exception qui confirme la règle ! railla-t-elle avec un
grand sourire.

L'androïde amoureux

IV – L'androïde

Installés bien au chaud, ils avaient pris place dans un salon de thé du quartier des universités et le prof s'était accordé la dégustation d'une tarte au citron. A cette heure de l'après-midi, le salon était assez fréquenté, essentiellement par les étudiants, et Mac Orlan pensait qu'il devait être le plus âgé des clients. Il pensa un instant que certains d'entre eux allaient imaginer qu'ils étaient en présence d'un vieux schnock accompagné de la jeune femme qu'il entretenait … Mais il parvint à écarter rapidement de son esprit ce genre de ragot et à se concentrer sur les paroles de la jeune femme.

> — Je vous écoute mademoiselle, commença le prof après avoir avalé une cuillerée de tarte et bu une gorgée de thé brulant.

> — Vous pouvez m'appeler Maé-Lou, répondit-elle.

Il ne releva pas la remarque et l'invita d'un signe de la main à passer à la suite.

> — Il aurait été dommage de ne pas avoir des explications sur votre exposé sur les émotions, reprit-elle, étant donné que cela traite de l'une de mes interrogations philosophiques préférées. Il faut reconnaitre que vos cours sont denses et très cohérents, ce qui rend difficile le fait de trouver un angle d'attaque, alors, je vais prendre mon cas personnel pour éclairer mes questions …

> — Si je vous dis que je n'ai jamais éprouvé de passion, continua-t-elle, cela vous inspire-t-il un commentaire ?

> — Avez-vous déjà éprouvé une émotion ? demanda-t-il le regard soudain intéressé.

L'androïde amoureux

— Je ne sais pas, répondit-elle, je n'en suis pas certaine … mais non, je ne me souviens pas avoir éprouvé une telle sensation, comme vous l'avez dit tout à l'heure, qui m'ait procuré pulsations cardiaques, tremblements ou autres rougeurs …

— N'avez-vous jamais eu peur ? questionna-t-il, je veux dire, la peur d'un danger imminent ?

— Non ! affirma-t-elle sans hésiter. jamais …

— Même dans votre enfance ? insista-t-il, la peur du noir ? des chiens ? des araignées ? des serpents ?

— Non, jamais, en tout cas, pas que je me souvienne, confirma-t-elle.

— Eh bien, dit-il, alors vous êtes un cas ! pouvez-vous éprouver des sentiments au moins ?

— Comme quoi par exemple ? demanda-t-elle.

— Etes-vous sérieuse ? répliqua-t-il.

Elle acquiesça d'un signe de la tête.

— Par exemple, tout à l'heure, lorsque j'ai présenté cette alerte émanant des autorités prévenant les jeunes femmes comme vous de l'existence d'un danger, poursuivit-il, avez-vous eu un sentiment d'insécurité ?

Elle remua la tête en guise de réponse négative.

— Alors, en ce moment, vous devez, à l'inverse, éprouver un sentiment de sécurité ! asséna-t-il avec vigueur. C'est soit l'un, soit l'autre !

— Ni l'un, ni l'autre, répliqua-t-elle, je ne ressens aucune crainte de sortir dans la rue le soir, pas plus que je ne sois davantage rassurée qu'avant votre communiqué, il n'a eu aucun effet sur mes sensations du moment.

L'androïde amoureux

— Vous n'avez jamais éprouvé, je ne sais pas moi, interrogea-t-il un peu excédé, de la colère, de la joie, de la tristesse, de l'ennui, du remords ? que sais-je encore … de l'amour ?

— Non, répondit-elle, je ne crois pas avoir éprouvé quelque chose qui ressemble à tout cela, et c'est bien ce qui me préoccupe. En vous questionnant j'espérais avoir un début d'explication ou bien le mode d'emploi pour me procurer des sensations comme tout le monde.

— Si vous espériez de moi une consultation de psychiatrie vous vous trompez d'adresse, lâcha-t-il d'une voix calme.

— Je vous trouve très dur avec l'une de vos disciples, répondit-elle, moi je n'ai confiance qu'en vous !

— Ma remarque, à l'instant, enchaina-t-il en la regardant doit dans les yeux, vous a-t-elle procuré du dépit, de la déception ?

— Non, dit-elle, qu'est-ce donc que le dépit ? vous me demandez si vous m'avez déçue ?

— Oui, c'est ça ! brusqua-t-il, normalement vous devriez être déçue, puisque vous espériez quelque chose de moi que je ne vous donne pas …

— Eh bien non ! pas du tout ! s'écria-t-elle. Ça n'est pas parce que je n'obtiens pas ce que je veux la première fois que je vais me décourager pour autant et tout abandonner … par contre, vous, je sens que vous êtes fâché …

Mac Orlan se mit à respirer profondément pour retrouver son calme intérieur et la regarda en souriant.

— J'ai eu tort en effet de perdre patience, dit-il d'une voix à nouveau sereine, voyons ! reprenons les choses du début ! vous avez bien quelquefois des convoitises, des désirs, envie de ce que vous aimez par exemple, tiens ! aimez-vous le chocolat ?

L'androïde amoureux

— Euh … oui, répondit-elle après un court moment d'hésitation, mais pas au point d'avoir un désir de chocolat si fort que cela perturbe mon esprit …

— Qu'est-ce que vous aimez qui soit de nature à perturber votre esprit ? questionna-t-il, y-a-t-il une chose que vous aimez par-dessus tout et pour laquelle vous seriez prête à concéder tout le reste pour l'obtenir ?

Maé-Lou sembla réfléchir un court moment avant de répondre :

— En ce moment, dit-elle, la chose qui m'importe le plus, c'est … assister à vos cours …

— Vous vous moquez de moi ! interrompit le prof.

— Non, professeur Mac Orlan, répondit-elle offusquée, je ne me permettrais pas !

Mac Orlan, un peu désarçonné par cette déclaration, prit le temps de remettre de l'ordre dans ses idées avant de poursuivre :

— Parfait ! admettons ! convint-il, alors que ressentez-vous entre deux séances, lorsque vous attendez le début des cours ?

— Je ressens comme un manque d'occupation … un vide intellectuel … répondit-elle, bref ! l'envie que cela commence …

— Donc, dans l'attente que cela commence, vous éprouvez de l'ennui ! eh bien voilà ! c'est un sentiment ou bien une émotion ? cela provoque-t-il un profond émoi au point de perdre patience et de vous agacer, ou bien est-ce une sensation très supportable et durable ?

— Oui, dit-elle, c'est supportable et durable, jusqu'au moment où vous commencez à parler.

— Nous venons de déterminer ensemble qu'une chose au moins, assez inattendue je dois dire, vous procure un sentiment

L'androïde amoureux

d'ennui ! l'attente des cours du prof de philo ! affirma-t-il visiblement satisfait.

Maé-Lou arborait un léger sourire, comme si elle venait de faire une grande découverte.

— Je devrais être content, à double titre, plaisanta-t-il, d'une part parce qu'au moins une de mes disciples apprécie mes cours, et d'autre part, parce que j'ai comme l'impression, tout comme Socrate, d'avoir pratiqué le « questionnement socratique ». Mais, l'accouchement n'a pas été simple …

— … et je suppose, poursuivit-il, que cette impatience est motivée par l'envie d'entendre des paroles qui seraient de nature à satisfaire votre curiosité au sujet de votre absence d'émotions … ce pourquoi vous venez de me questionner …

— Oui, dit-elle, en effet, c'est bien cela.

— Votre curiosité est-elle satisfaite à présent ? demanda-t-il.

— Bien sûr que non ! répliqua-t-elle. C'est un début d'explication, certes un bon début, mais je souhaite poursuivre le dialogue avec vous parce que j'ai encore une multitude de questions …

— Je crois qu'il temps d'achever cette conversation pour aujourd'hui, Maé-Lou, interrompit le prof, la nuit est déjà tombée.

En effet, en cette saison de l'année, l'obscurité arrivait vite en fin d'après-midi et le salon de thé s'était vidé de la plupart de ses clients.

— Dans quelle direction allez-vous ? demanda le prof.

— En direction de la station de FluidSubway « Universités », dit-elle, pour rentrer chez moi.

— Ça tombe bien, moi aussi, observa Mac Orlan, je vais vous accompagner.

L'androïde amoureux

— C'est gentil, professeur Mac Orlan, répondit-elle, mais je peux très bien me rendre à la station toute seule …

— Pas question ! interrompit brusquement le prof. Avec ce tueur en série qui rôde dans le quartier, il est hors de question que je vous laisse déambuler seule dans les rues sombres jusque là-bas !

— Comme vous voudrez, accepta-t-elle, sentant qu'il n'en démordrait pas.

Mac Orlan glissa quelques billets sous la tasse qui avait contenu sa tarte aux citrons et ils s'engouffrèrent dans la ruelle sombre et froide.

L'androïde amoureux

Mac Orlan, suivi de la jeune femme, marchait d'un pas alerte car, la température baissant sous l'effet d'un vent glacial, les chutes de neige devenaient désormais menaçantes. Ils avaient presque atteint la rue où se trouvait la station de Subway, lorsque soudain, trois individus louches sortirent de l'ombre et se mirent en travers de leur chemin.

— Tiens, dit celui qui paraissait être le chef, voilà encore un de ces vieux qui se tapent les jeunes étudiantes avec son pognon. Un vieux dégueulasse !

C'était un homme jeune, mal rasé, habillé de vêtements sales et pas du tout de saison. Il brandissait une espèce de matraque métallique qu'il exhibait fièrement et les deux autres malfrats, armés de barres de fer eux-aussi, se tenaient derrière lui.

— Allez le vieux ! Balance ton pognon, ordonna le loubard. Pendant ce temps on va s'occuper de ta nana, on va lui montrer ce que c'est que la vraie virilité !

« Aie ! pensa le prof, cette fois ça y est ! C'est pour moi, ça n'arrive pas qu'aux autres » …

— Messieurs, dit-il le plus calmement possible en tendant une liasse de billets, soyez cools, je vais vous donner tout ce que j'ai sur moi, mais de grâce, pas de violence, laissez cette jeune femme tranquille, je vous en prie …

— Oh, oh, ricana le chef des truands, tu l'entends l'autre ancêtre ? « soyez cools … de grâce … je vous en prie … » c'est une vraie tapette ce mec ! on va lui régler son compte ! le pognon d'abord !

Il chipa prestement les billets que Mac Orlan lui tendait, et brusquement, il asséna un violent coup de matraque dans le dos du prof, puis il se tourna vers Maé-Lou la main tendue. Mac Orlan vacilla et tomba au sol à genoux en se tenant les reins. Un des hommes de main en profita alors pour lui asséner un autre coup sur le crâne. Le

L'androïde amoureux

prof roula par terre avec une large entaille sur le front qui saignait abondamment. Il était encore conscient mais ses jambes se dérobaient sous lui et il ne parvenait pas à se remettre debout.

Dans un brouillard qu'il imputa tout autant aux mauvais temps qu'aux coups reçus, il assista alors à une scène irréaliste. Maé-Lou saisit la main tendue du malfrat, l'attira vers elle, et d'un geste prompt, elle tendit l'autre bras pour le frapper au visage avec la paume de la main. Le truand, dont la tête fut violemment projetée en arrière, lâcha sa matraque qui fit un bruit sourd en tombant au sol, puis il s'affaissa tout près du prof, totalement inconscient.

Le deuxième voyou, de constitution plutôt frêle, eut à peine le temps de réaliser ce qui arrivait qu'il était happé par une main ferme, retourné comme une crêpe, et, avant d'avoir pu esquisser le moindre geste, il glissa au sol assommé par un coup de coude au menton.

Le troisième gangster, un grand gaillard barbu et fort comme un taureau, parvint à frapper avec la barre en fer sur les avant-bras de la jeune femme qu'elle avait utilisé pour se protéger. Cela ne parut aucunement avoir d'effet sur elle, et, dans la foulée, un violent coup de pied dans le bas-ventre lui coupa le souffle. Il fut alors cassé en deux et un second coup de pied au visage le projeta en arrière et l'envoya au tapis définitivement.

Mac Orlan n'en croyait pas ses yeux et il parvint enfin à se remettre debout et à retrouver ses esprits. La rixe n'avait duré que quelques secondes et les trois malfrats gisaient encore étourdis à même le sol.

Maé-Lou s'approcha de lui et l'aida à tenir debout :

> — Ça va aller ? demanda-t-elle.

D'un signe de la tête il lui confirma que son état s'améliorait.

> — Mais vous saignez ! déclara-t-elle, il faut vous soigner et refermer cette sale plaie. Venez, suivez-moi, je crois apercevoir une pharmacie encore ouverte …

L'androïde amoureux

On pouvait en effet voir une enseigne caractéristique clignoter dans la brume à une distance d'environ trois cent mètres. Elle le conduisit en tenant son bras pour le soutenir jusqu'à l'établissement où Mac Orlan put rapidement recevoir des soins. Une fois sa plaie cautérisée et recouverte d'un léger pansement, ils refusèrent d'appeler la police et ils s'éclipsèrent en direction de la station Subway après avoir payé et remercié le pharmacien.

L'androïde amoureux

— Bon sang ! s'écria Mac Orlan en colère, allez-vous enfin me dire qui vous êtes vraiment ?

— Qui suis-je ? répéta la jeune femme d'une voix neutre, c'est en effet la question que je me pose aussi. D'ailleurs n'est-ce pas la première question que se pose un philosophe ?

Le prof fut soudain désarmé par cette remarque pleine d'à-propos en dépit d'une situation qui ne se prêtait pas à philosopher. En effet, ils étaient assis l'un à côté de l'autre, dans une rame du Subway qui les transportait à vive allure dans les antres de la cité.

— Vous êtes un androïde n'est-ce pas ? demanda-t-il.

Elle ne réagit pas. Elle semblait perdue dans ses pensées, vaguement absente.

— Oui, finit-elle par dire, je ne suis pas humaine …

— Comment est-ce possible ? s'interrogea Mac Orlan, vous avez un corps en tous points identique à celui d'une femme humaine et mon bracelet n'a pas détecté que vous étiez un androïde, pourquoi ?

— Mes concepteurs ont désactivé l'émetteur qui vous permet de capter le signal d'approche d'un robot, expliqua-t-elle. Et ils m'ont façonnée avec l'apparence quasi parfaite d'une femme humaine, et pourtant je ne suis pas humaine … mais, qui suis-je ? je ne peux me définir qu'avec ce que je ne suis pas … je ne suis pas humaine mais ça ne dit pas ce que je suis …

— Attendez, coupa Mac Orlan, pas si vite ! comment ont-ils pu désactiver le signal émis par les robots ? cela est strictement interdit !

— Exact ! professeur Mac Orlan, cela est interdit, mais eux ont obtenu l'autorisation … dit-elle.

— Qui ça eux ? questionna le prof.

L'androïde amoureux

— Eux ! mes concepteurs, ceux qui sont à l'origine du projet… répondit-elle, l'air toujours absent.

— Du projet ? quel projet ? insista-t-il.

— Le projet "sapiens Ex-machina", avoua-t-elle.

— Qu'est-ce que c'est que ce truc ? demanda-t-il, je n'ai jamais entendu parler de ce projet !

— C'est normal, dit-elle d'une voix calme, il s'agit d'un projet top secret, confidentiel défense.

— En quoi consiste précisément ce projet ? pressa-t-il. Un projet « top secret et confidentiel défense », c'est un projet de l'armée non ? Le nom signifie littéralement "l'intelligence à partir de la machine", mais dites m'en davantage mademoiselle Maé-Lou …

— Vous comprendrez professeur Mac Orlan, répondit-elle avec sérieux, que je suis tenue au secret …

— Oui, dit-il avec tristesse, je peux comprendre en effet. Tout comme je peux comprendre qu'il est inutile de faire appel aux sentiments d'une machine, puisqu'elle n'en a pas …

Il y eut une courte pause durant laquelle l'androïde semblait hésiter.

— Ce que vous dites est très cruel, finit-elle par déclarer avec un soupçon de dépit dans la voix.

« Tiens, pensa-t-il, cet androïde est donc sensible aux attaques personnelles … c'est plutôt étrange … »

— Pouvez-vous me dire au moins pourquoi vous vous êtes intéressée à mes cours de philo ? insista-t-il. est-ce en rapport avec ce fameux projet ?

— Oui … enfin … non ! dit-elle, il n'y a pas de rapport direct, c'est moi qui pense qu'il y en a un, seulement moi …

L'androïde amoureux

— Vous avez fortement souhaité me questionner à propos de la notion d'émotions en philosophie, poursuivit-il, pourquoi ? pourquoi m'avoir raconté tous ces mensonges ? que vouliez-vous savoir exactement en me pressant de questions ?

— Je ne vous ai pas menti ! déclara-t-elle d'une voix forte qui fit se retourner quelques passagers assis dans le wagon non loin d'eux.

— Vos cours m'intéressent tout simplement parce qu'ils contribuent à définir qui je suis, affirma-t-elle en baissant le volume de sa voix. Je voulais, et je veux toujours savoir, si je suis capable de sentiments et d'émotions, et non pas seulement un objet « non-humain » …

— En parlant avec vous, poursuivit-elle, j'ai compris que je pouvais éprouver des émotions sans pour autant en avoir conscience. Je me suis rendue compte également que, quelquefois, je pouvais éprouver des choses qui ressemblaient à des émotions et que j'étais incapable de les identifier …

— Oui, confirma-t-il, cela est plutôt normal dans votre situation, chez les humains cela s'appelle de l'alexithymie, éprouver des émotions et ne pas pouvoir les nommer. Mais ce qui est totalement anormal, c'est qu'un androïde puisse ressentir des émotions !

— C'est précisément l'objet du projet dont je vous ai parlé, avoua-t-elle.

— Le projet "sapiens Ex-machina" ? questionna-t-il.

— Oui, dit-elle, je suis un androïde expérimental qui a été conçu pour vérifier si une machine peut ressentir des émotions au même titre que les humains.

— Nom d'une pipe ! ne put-il s'empêcher de s'écrier. Un robot qui prétend éprouver des émotions ! je n'en crois pas mes oreilles !

L'androïde amoureux

— C'est pourtant la vérité, dit-elle dans un souffle. Je ne comprends pas toujours ce que j'éprouve, mais c'est certain, j'éprouve certaines choses étranges que je crois être des émotions …

— Qu'avez-vous éprouvé tout à l'heure lorsque les loubards nous ont attaqués ? interrogea-t-il.

— Je ne sais pas, répondit-elle, quelque chose comme une perturbation de mes sens … j'avais des personnes devant moi qui ne m'apparaissaient plus comme des humains … des individus dénués d'humanité … une sensation bizarre … j'ai cru percevoir la personnification même de la méchanceté et de la férocité … j'avais face à moi des bêtes sauvages, qui s'en prenaient à vous … alors j'ai oublié qu'ils étaient de la race des humains et j'ai fait ce que je sais aussi très bien faire … me battre !

Mac Orlan était bouche bée, avec beaucoup de difficulté pour croire ce qu'il entendait. Pourtant, ce qu'elle disait semblait être conforme à la réalité dont il avait été le témoin direct, car, même légèrement étourdi par le coup de matraque, il n'était pas prêt d'oublier cette expérience traumatisante.

— Ce que vous avez éprouvé c'est de la colère, affirma tranquillement le prof. Une violente colère qui a perturbé votre perception … et qui a provoqué une réaction à la hauteur de la gravité de la situation ! un humain aurait dit « mon sang n'a fait qu'un tour ! ».

— Ah, c'est donc ça la colère ? dit-elle. Cela fait la deuxième émotion que vous découvrez chez moi n'est-ce pas ?

— Oui, répondit-il, et tout à l'heure vous avez éprouvé de la déception lorsque vous avez constaté que j'avais été cruel à votre égard …

L'androïde amoureux

— Le troisième alors ? s'écria-t-elle avec un grand sourire.

— Oui, dit-il en souriant aussi. Et même le quatrième, puisque vous éprouvez de la joie, à l'instant, la joie d'éprouver des émotions !

— Formidable ! s'exclama-t-elle, avec vous je suis sur le bon chemin, celui qui va me permettre de devenir une vraie femme … d'être quelqu'un avec une vraie personnalité propre, qui se définit comme autre chose que « non-humaine » …

Mac Orlan l'écoutait avec curiosité car il avait conscience qu'il avait face à lui un spécimen unique, une machine certes, mais une machine d'une génération nouvelle qui allait sans doute révolutionner leur rapport avec les humains.

— Dites-moi une chose encore … enchaina-t-il, comment avez-vous pu maltraiter de la sorte ces voyous humains ? comment avez-vous pu faire preuve de cette volonté de faire mal, autant que j'ai pu m'en apercevoir, alors que les lois de la robotique ne vous en donnent pas la possibilité …

— Je n'en suis pas certaine, répondit-elle, mais je pense que mes concepteurs ont modifié sensiblement les lois robotiques qui sont implantées dans mes circuits neuronaux …

Et elle se leva pour signifier qu'elle descendait au prochain arrêt.

L'androïde amoureux

V – Amira Calderon

L'inspectrice Amira Calderon entra dans le restaurant et, lorsqu'elle s'approcha de la table où l'attendait le professeur Anoop Mac Orlan, elle remarqua immédiatement le pansement qui ornait son front.

— Bigre ! que vous est-il arrivé ? demanda-t-elle.

— Asseyez-vous et choisissez votre menu, dit-il en lui montrant la carte affichée sur un écran, je vous raconterai plus tard.

La policière était habillée "en civil", et elle avait revêtu une tenue féminine, sous un manteau de saison, elle portait une robe moulante avec ses très longs cheveux noirs qui étaient laissés libres dans son dos. Le prof prit le temps d'admirer sa silhouette sportive et il remarqua qu'elle avait des yeux de couleur "vert impérial", ce qui allait bien avec sa peau mate.

— Je note que vous avez laissé votre uniforme au vestiaire, observa-t-il, c'est bien la première fois que je vous vois habillée en femme et c'est avec grand plaisir.

— Oui, dit-elle, j'ai considéré que je pouvais n'être plus en service après vingt-heures au restaurant.

Ils choisirent tous deux un plat avec des crustacés et du poisson, accompagné d'un vin blanc californien. Ils mangèrent en parlant des actualités culturelles et ils découvrirent qu'ils avaient en commun d'aimer la musique classique et le théâtre contemporain. Par contre, elle faisait régulièrement du sport tandis que lui regrettait de ne plus avoir le courage d'en faire. Elle lui proposa de se joindre à son groupe qui courait deux fois par semaine, mais il refusa poliment, prétextant

L'androïde amoureux

qu'il était déjà trop occupé par toutes ses activités de prof. Elle se moqua de lui, mais en revanche elle le félicita lorsqu'elle apprit qu'il faisait cinq kilomètres de natation et de la plongée sous-marine chaque week-end.

Elle avoua qu'elle ne prenait quasiment jamais de vacances et lui, au contraire, il confia qu'il partait souvent dans les îles paradisiaques faire de la plongée et visiter les fonds marins les plus étonnants de la planète. Elle déclara alors qu'elle aimerait bien voir aussi ces merveilleux paysages sous-marins.

Ils commandèrent ensuite de la glace aux quatre parfums pour terminer le repas.

> — J'ai appris, dit-elle après le dessert, que vous aviez d'abord étudié la psychanalyse, puis la psychologie et enfin la philosophie, ça en fait des années d'études, non ?

> — Oui, pas mal en effet, confirma-t-il, d'autant que j'ai commencé par une licence de droit pénal, puis de la psychiatrie criminelle, ensuite la psychologie comportementale appliquée et enfin la philosophie. Huit années au total ! mais qui vous a donc parlé de moi ?

> — J'ai tout simplement lu votre curriculum vitae, avoua-t-elle en riant, curiosité professionnelle, et donc maladive … n'est-ce pas professeur ?

> — Je dirai plutôt … marque d'intérêt pour un collaborateur d'un genre peu ordinaire, non ? avança-t-il.

> — Peut-être aussi, oui, reconnut-elle. Vous nous ramenez donc au véritable motif de notre entrevue, la récré est terminée, n'est-ce pas vilain monsieur ? moi qui n'ai que rarement un intermède intime comme celui-ci …

> — Rassurez-vous, dit-il, vous avez tout ce qu'il faut pour provoquer d'autres moments intimes, avec tous les hommes que vous

voulez, ils seront enchantés de prendre la place que j'occupe ce soir.

— Qui vous dit que je souhaite quelqu'un d'autre à votre place ? demanda-t-elle sans se démonter.

Mac Orlan se racla la gorge avant de poursuivre sans relever le commentaire de la jeune femme :

— Où en est l'enquête, inspectrice Calderon ? questionna-t-il l'air sérieux.

— Eh bien, tout d'abord, répondit-elle en lui adressant un regard plein de reproches, sur vos conseils, nous avons recensé tous les praticiens situés dans un périmètre assez large, et nous sommes en train de vérifier leurs antécédents psychiatriques et pénaux. Cela va prendre du temps parce qu'il y a près de deux cent dossiers à traiter et puis parce que ça n'est pas facile d'accéder à des données personnelles de cette nature ...

— Je me doute bien en effet, dit-il, mes confrères psychiatres doivent être réticents à communiquer ces éléments.

— Ça ! vous pouvez le dire ! confirma-t-elle avec un regard moqueur. Les psys sont des gens particuliers, n'est-ce pas ?

— Quoi d'autre ? s'enquit-il sans relever la remarque.

— Lorsque vous m'avez appelée, vous m'avez demandé d'obtenir le maximum d'informations sur un projet dont le nom est "sapiens Ex-machina", n'est-ce pas ?

Il acquiesça d'un mouvement de tête.

— Personne n'a entendu parler de ce projet autour de moi, révéla-t-elle. Et lorsque j'essaie d'avoir des éléments auprès de ma hiérarchie, on me fait clairement comprendre qu'il vaut mieux que je n'insiste pas ! donc, voilà, un mutisme complet de la part

L'androïde amoureux

de tout le monde ... mais, dites-moi Anoop, qui donc vous a parlé de cela ?

Il se mit alors à lui raconter toute l'histoire à propos de son étudiante Maé-Lou. Comment il était entré en contact avec elle, son intérêt pour la philosophie et le fait qu'il n'avait pu découvrir qu'il avait affaire à un androïde, jusqu'à ce cet épisode, semi-tragique, de l'agression dans la rue. Ensuite, la rixe avec les trois malfrats, les coups reçus et l'explication de sa blessure au front, puis la scène irréaliste à laquelle il avait assisté, à moitié conscient, de l'étudiante qui avait réglé le sort des trois loubards en moins d'une minute. Enfin, les aveux de Maé-Lou, à propos du projet "sapiens Ex-machina", mais également au sujet des modifications concernant les algorithmes des lois de la robotique auxquelles elle obéissait.

— Si je saisis bien Anoop, dit-elle, vous êtes en train de me dire que ce robot pourrait faire un suspect possible pour les meurtres du serial killer que nous recherchons, n'est-ce pas ?

— Eh bien, oui, confirma le prof, cela aurait le mérite d'expliquer pourquoi vous n'avez pas trouvé de "signature" de la part du tueur, puisque, s'il s'agit d'un robot et non d'un humain, la présence de la signature ne s'impose plus ...

— Et puis ... poursuivit-il, j'ai remarqué que les trois victimes sont toutes blondes avec des cheveux assez longs, tout comme l'androïde ...

— Et quelle conclusion en tirez-vous ? demanda la policière.

— Maé-Lou recherche désespérément des signes qui font d'elle autre chose qu'un simple robot, répondit-il, éprouver des émotions, en particulier, pour prouver qu'elle existe comme une femme humaine normale. On peut imaginer qu'une motivation serait peut-être l'envie d'éliminer la concurrence, celle des femmes qui lui ressemblent, pour mieux exister, tout simplement ...

L'androïde amoureux

— Ça m'a l'air plutôt pas mal vos explications, remarqua-t-elle, mais encore faudrait-il avoir un début de preuve !

— Oui, accorda-t-il, et pour cela il nous faut à tout prix localiser l'équipe de ce foutu projet "sapiens Ex-machina".

— Absolument ! renchérit la policière. Malheureusement, vous savez que l'on ne peut s'en prendre juridiquement à un androïde, mais seulement à ses propriétaires. Je vais toutefois donner des instructions pour qu'elle soit placée sous surveillance …

— Il nous faut à tout prix retrouver les gens qui pilotent ce projet, poursuivit-elle, il est d'ailleurs fort probable qu'ils possèdent des informations sur les allées et venues de l'androïde et donc, ils doivent pouvoir nous dire si nous avons raison ou bien tort …

A cet instant, le bracelet de la jeune femme se mit à vibrer, et un court message défila sous ses yeux.

— Le tueur a encore frappé ! s'exclama-t-elle d'un ton dépité. Il faut y aller !

— Votre intermède intime n'a pas duré longtemps ! remarqua-t-il avec un sourire.

— Eh oui ! dit-elle avec regrets, mais j'ai passé un moment agréable avec vous, Anoop, une plongée dans l'insouciance, j'espère que cela pourra se reproduire …

L'androïde amoureux

Ils arrivèrent sur la scène de crime vingt minutes plus tard après être passés au domicile d'Amira Calderon, situé sur le trajet, le temps d'endosser son uniforme de police. Le meurtre avait eu lieu, comme les précédents, dans le quartier des universités, dans un bosquet à l'écart des grands axes. Ils trouvèrent un important dispositif de police avec des voitures, tous gyrophares dehors, qui délimitaient le périmètre de sécurité autour de la victime.

Sur place, se trouvait déjà Pascal Rywan, l'adjoint de l'inspectrice qui les conduisit tout près du corps.

— Qu'est-ce qu'il fait ici le prof ? demanda-t-il l'air surpris. vous étiez ensemble ?

— Oui, dit-elle, nous travaillions sur cette affaire …

Rywan eut un regard complice en direction de Mac Orlan et esquissa un sourire qui en disait long sur ses doutes.

— Rywan ! le fustigea-t-elle avec un regard furieux, vous croyez que je n'ai pas vu votre mimique ? est-ce trop vous demander que de vous mêler de vos affaires et de nous mettre au courant des circonstances de ce nouveau meurtre ?

— Bien sûr, inspectrice, répondit l'adjoint en reprenant un air sérieux et penaud. Il s'agit d'une étudiante, nommée Soelie Suarez, qui a été retrouvée dans cette position, semblable aux trois autres. Le légiste a dit qu'il confirmerait demain matin, mais pour lui, cela ne fait aucun doute, elle est morte de la même façon que les autres. C'est un couple de retraités qui l'a découvert il y a à peine une heure.

— Vous avez remarqué prof ? dit l'inspectrice en lui jetant un regard chaleureux mais légèrement moqueur.

— Oui, répondit Mac Orlan, c'est la première chose qui a attiré mon attention …

— De quoi parlez-vous ? demanda Rywan.

L'androïde amoureux

— Les trois victimes précédentes avaient un look semblable, grandes, aux yeux clairs et cheveux blonds et longs, fit observer le prof. Celle-ci est petite avec des yeux et des cheveux bruns …

— Et alors ? qu'est-ce que cela change ? demanda Rywan.

— Le prof avait émis des hypothèses sur les motivations du tueur, dit Amira Calderon, et l'une d'entre elles tombe …

— Quoi ? le prof suspecte quelqu'un et il ne nous a rien dit ? remarqua l'adjoint.

— En effet, répliqua la jeune femme, monsieur Mac Orlan a émis des soupçons sur quelqu'un, tout à l'heure, pendant qu'on travaillait …

Elle adressa une mimique complice au prof tandis que son adjoint prit un air intéressé en l'interrogeant du regard.

— Mais là, il se fait tard, on vous expliquera tout ça demain matin … finit-elle par dire en guise de conclusion.

L'androïde amoureux

VI – LE PROJET "SAPIENS EX-MACHINA"

Mac Orlan se dirigeait à pied vers son bureau situé dans l'enceinte de l'université, lorsqu'il fut abordé par deux hommes, jeunes et bien habillés, qui se mirent en travers de sa route.

— Professeur Mac Orlan ? demanda l'un d'eux.

— Oui, dit le prof, mais qui êtes-vous ? qu'est-ce que vous voulez ?

— Services spéciaux de l'armée, veuillez nous suivre ! ordonna simplement le premier en montrant rapidement un insigne officiel.

— Mais … je ne peux pas, argumenta Mac Orlan, mon cours commence dans à peine une demi-heure …

— Vous y serez, professeur, assura l'inconnu, il y en a pour quelques minutes seulement ! venez par-là !

Finalement, sans avoir vraiment le choix, il suivit les deux hommes qui le conduisirent quelques dizaines de mètres plus loin, jusqu'à un immense FluidCar, stationné à même la rue qui menait au campus universitaire. L'un des deux hommes, ouvrit la porte latérale du véhicule, et invita fermement le prof à monter à l'intérieur. Une fois dedans, Mac Orlan découvrit un véritable bureau mobile, avec une table, des chaises et une multitude d'appareils en tous genres, écrans de contrôle, outils de télécommunication, et bien d'autres qu'il ne put identifier. Deux hommes, assis à la table, l'attendaient à l'intérieur, un militaire en tenue, chauve, grand et sec, et un individu petit et gros, avec de longs cheveux gras et vêtu d'habits démodés sous une blouse blanche entr'ouverte.

L'androïde amoureux

— Veuillez nous laisser, ordonna le militaire aux deux hommes qui avaient accompagné le prof.

Lorsque les deux agents furent dehors, le militaire se leva et s'avança vers Mac Orlan, la main tendue :

— Professeur Mac Orlan, dit-il, soyez le bienvenu dans notre petit bureau mobile.

Mac Orlan se tenait debout, silencieux et l'air furieux, les mains dans les poches, et il refusa de serrer la main de son hôte.

— Comme vous voudrez, déclara l'homme. Je suis le colonel Stanis Narayanin, de l'armée de l'air et chef du projet "sapiens Ex-machina", et je vous présente le docteur Fjodor Latchoumy, mon adjoint.

Le colonel retourna s'assoir, tandis que le docteur, un rictus moqueur au bord des lèvres, n'avait pas daigné se lever pour saluer le prof.

— Prenez place, je vous prie, dit le militaire en montrant un siège libre.

Mac Orlan ne bronchait toujours pas, et restait muet, montrant ainsi sa désapprobation à l'égard des méthodes dont il était l'objet.

— Très bien, enchaina-t-il, allons droit au but !

— Professeur Mac Orlan, reprit-il sur un ton solennel, nous avons fait votre connaissance, grâce à Maé-Lou, votre étudiante, qui est en réalité un androïde expérimental dans le cadre d'un projet top secret nommé "sapiens Ex-machina". L'objectif de ce projet est de démontrer qu'un robot de la dernière génération est capable d'éprouver des émotions et des sensations, tout comme nous les humains ...

— A cette occasion, poursuivit-il, nous avons conçu le modèle que vous connaissez, et nous l'avons doté des dernières technologies qui en font un spécimen parfait, ressemblant en tous points à une femme humaine, je dis bien en tous points, et disposant d'algorithmes puissants, lui donnant une liberté de jugement et de manœuvre à nulle autre comparable, une création comme jamais la robotique n'en avait produit auparavant …

— Gardez vos boniments pour vos supérieurs et dites-moi ce que je fais là ? interrompit le prof d'une voix glaciale.

— Eh bien, répondit le colonel légèrement déstabilisé, nous avons suivi certains de vos cours, par Maé-Lou interposée bien sûr, et personnellement j'ai trouvé cela plaisant, et je dois dire que votre avis m'intéresse, notamment pour l'évaluation des progrès réalisés par l'androïde au cours de ces dernières semaines …

— Je ne me sens contraint en aucune manière de vous faire part de mes commentaires, intervint Mac Orlan.

— Bien entendu, professeur, admit Narayanin, personne ne vous force à donner ces éléments, mais je pensais que l'intérêt scientifique de ces recherches prévaudrait sur votre mauvaise humeur, conséquence puérile de votre excès de susceptibilité. Certes, j'en conviens, la manière de vous amener ici n'est pas des plus courtoises, mais, entre gens intelligents, ne peut-on pas reconnaitre qu'au fond, l'important est moins la manière que l'efficacité des résultats …

— l'efficacité des résultats … coupa le prof, eh bien parlons-en … Savez-vous, messieurs, que depuis environ deux mois, c'est à peu de chose près le début de votre fameux projet, n'est-ce pas ? depuis deux mois donc, un serial killer a tué quatre personnes, quatre jeunes étudiantes, toutes dans le quartier des universités. Or, je crois savoir que la police s'intéresse à un suspect qui correspond à votre androïde, vous savez, celui qui ressemble en tous points à une femme humaine et qui dispose d'une liberté de jugement et de manœuvre à nulle autre comparable …

L'androïde amoureux

— Quoi ? s'exclama le colonel, totalement interloqué. Qu'est-ce que vous dites ? d'après vous la police soupçonnerait Maé-Lou d'avoir commis ces meurtres ? et pour quelles raisons je vous prie ?

— Mais tout simplement pour les raisons que vous venez d'évoquer vous-même, affirma tranquillement Mac Orlan. Vous avez trafiqué les algorithmes de cet androïde pour le rendre plus libre, c'est-à-dire, en clair, pour qu'il n'obéisse plus aux lois fondamentales de la robotique et qu'il est sans doute devenu incontrôlable. A présent, colonel, la seule façon d'écarter les soupçons qui pèsent sur votre machine c'est de faire la preuve qu'elle ne se trouvait pas sur les lieux des crimes au moment où ils se sont produits. Pour cela, je vous engage vivement à prendre contact avec l'inspectrice Amira Calderon, de la brigade fédérale criminelle qui a cette affaire en charge. Je vous rappelle également, qu'en cas de meurtre avéré, c'est le propriétaire du robot qui est juridiquement responsable, c'est-à-dire l'armée de l'air, si j'ai bien compris, n'est-ce pas ?

— A votre point de vue, demanda Narayanin d'une voix d'outre-tombe, pensez-vous que ces soupçons soient fondés sur quelque chose de sérieux ?

— Oui, dit le prof sans hésitation, je puis attester d'un faisceau de présomptions pour le moins troublantes. Primo, j'ai été témoin, moi-même, vous devez le savoir, de l'agressivité et la brutalité dont a fait preuve cette machine lorsque nous avons été attaqués par des loubards dans la rue. La violence de sa réaction laisse vraiment supposer une transgression des lois de la robotique, les types sont repartis à l'hôpital bien mal en point …

— Deuxio, poursuivit-il, il est admis par la communauté scientifique qu'un tueur en série laisse toujours une signature sur les scènes de crime, or, dans cette affaire il n'y a pas de signature visible, et

L'androïde amoureux

donc cela accrédite l'hypothèse que l'auteur n'est pas un humain …

— Tertio, conclut-il, Maé-Lou, votre androïde est sujet à un trouble psychique, l'alexithymie, c'est-à-dire une incapacité à identifier ses émotions, qui certes, n'est pas rare chez les humains, mais qui est toujours fréquente chez les psychopathes tueurs en série. Votre collègue, assis à côté de vous, doit connaitre s'il est médecin …

— Je suis catastrophé ! dit le colonel d'une voix lasse en se tournant vers le docteur, qu'en dis-tu toi Fjodor de tout cela ?

— Moi ce je pense, répondit Latchoumy avec un air incrédule tout en caressant sa moustache, c'est que ce sont des élucubrations sans fondement montées de toute pièce de la part des flics qui n'ont rien d'autre à se mettre sous la dent !

— Mais il y a un moyen de savoir si tout cela est vrai ou non, observa le colonel, il suffit de vérifier les archives vidéo correspondant aux dates et heures des meurtres, n'est-ce pas Fjodor ?

— Oui, bien sûr, dit le docteur.

— Nous disposons des enregistrements vidéo de tous les faits et gestes de l'androïde, jour par jour, heure par heure, expliqua le militaire. Nous allons pouvoir démontrer que tout cela n'est que pure invention ! tenez, regardez !

Le colonel manipula un boitier et une image fut projetée sur un côté du véhicule. Elle montrait une rue avec beaucoup de monde, essentiellement des jeunes gens, devant un ensemble de bâtiments que Mac Orlan reconnut immédiatement, la place centrale des universités. On pouvait aisément imaginer que cette image était celle d'une caméra à hauteur des yeux d'une personne se déplaçant au milieu d'un groupe d'étudiants.

L'androïde amoureux

— Voici ce que voit et ce que vit Maé-Lou en ce moment-même, en direct ! déclara fièrement Narayanin.

Le prof pensa qu'elle était en train de rejoindre l'amphithéâtre où son cours allait avoir lieu dans quelques minutes. Il ne dit rien, hausa les épaules en signe d'agacement et se dirigea vers la sortie.

— Je vous remercie professeur, vous avez été d'une grande utilité, malgré vous, sans doute, mais je suis heureux de vous avoir rencontré ...

Mac Orlan était déjà arrivé à la porte du véhicule et se contenta de sortir, sans un mot, sans un geste et sans un regard pour les deux hommes.

L'androïde amoureux

VII – LA JUSTICE

— Historiquement, les philosophes ont d'abord imaginé la justice comme un facteur majeur de l'ordre sociétal. Selon Platon, la cité juste était celle dans laquelle chacun est à sa place, c'est-à-dire ce pour quoi il est le plus doué : « les travailleurs au travail, les courageux dans l'armée et les sages au gouvernement ».

Ce jour-là, le professeur Mac Orlan avait pris comme sujet de réflexion philosophique : la justice. Il avait, comme à son habitude, laissé aux étudiants le temps de s'installer dans les travées de l'amphithéâtre avant de commencer son exposé. Il avait également repéré dans la salle les étudiants qu'il commençait à reconnaitre et notamment il avait salué la fidèle Maé-Lou d'un signe discret de la tête.

— Les symboles de la justice sont la balance, le glaive ainsi que la plume, et cela provient de l'ancienne Egypte où, à leur mort, les hommes subissaient le jugement d'Osiris. On plaçait le cœur sur un plateau de la balance et une plume sur l'autre plateau. Le cœur devait alors être plus lourd que la plume, signe que l'homme s'était suffisamment élevé vers la vertu au cours de sa vie, sans quoi un affreux monstre venait le dévorer. Seuls ceux dont le cœur était plus léger qu'une plume pouvaient entrer au paradis …

— Quant au glaive il est là pour rappeler que la justice sert aussi à trancher. La justice ne doit pas seulement évaluer, peser le pour et le contre, elle doit aussi décider. L'ensemble des lois en vigueur dans un Etat est le « droit positif », c'est-à-dire les règles qu'une société s'impose pour régir l'ordre, lequel s'oppose au

L'androïde amoureux

« droit naturel », c'est-à-dire l'ensemble des lois naturelles fondées sur la raison, proche de la morale …

— Dans l'antiquité on définissait la justice comme l'exigence de « rendre à chacun ce qui lui revient » et qui renvoie donc à l'idée d'égalité. D'ailleurs, le symbole de la balance est également là pour rappeler que la justice est trouvée lorsque les deux plateaux s'équilibrent. Mais si le souci d'égalité consiste à traiter chacun de manière identique en lui rendant ce qui lui revient de droit, on peut considérer qu'Il existe une égalité stricte, au sens mathématique, et une égalité en proportion du mérite qui se nomme « équité ». Il est bien établi que les sociétés démocratiques associent la notion de justice à celle du mérite et qu'en conséquence, toutes les inégalités ne sont pas injustes puisque celles qui ont pour origine le mérite sont légitimes …

— Certains philosophes modernes estiment que la vraie justice consiste à donner « à chacun selon ses besoins » sans conditionner ce dû par un quelconque critère. La réalisation de cette formule dépend donc d'une transformation sociale et politique profonde : il faut une société produisant efficacement de manière à pouvoir satisfaire les besoins de tous, sans distinction de classe sociale et, au besoin, en abolissant la privatisation des moyens de production. On est très proche alors des thèses Marxistes et il est impossible d'ignorer jusqu'ici l'échec économique et politique des régimes communistes.

Mac Orlan marqua une pause pour boire un verre d'eau et pour voir si son auditoire réagissait à ses propos, comme c'était souvent le cas à ce stade de son cours. Personne n'ayant manifesté son intention de parler, le prof poursuivit son exposé :

— On ne peut évoquer la justice sans appréhender la notion de punition, de peine ou de châtiment, c'est le rôle de la "justice corrective", qui a pour but de sanctionner une faute pour ramener à la règle. Comme le mot peine l'indique, infliger une

L'androïde amoureux

punition provoque une souffrance. Est-il possible de légitimer le recours au mal et à la souffrance comme moyen pédagogique de l'institution judiciaire, ce qui est profondément amoral ? D'où le scrupule de la conscience dès lors qu'il s'agit de punir …

— Alors que la vengeance est passionnelle, la justice doit s'efforcer, par ses procédures légales, d'instaurer un ordre dans lequel des personnes extérieures au litige vont énoncer un jugement dont la seule finalité est de sanctionner la transgression. La loi du talion bien connue, « œil pour œil, dent pour dent » n'est pas, comme on se plaît à le dire, la formule de la vengeance mais l'impératif de proportionner la sanction à l'offense : « Pour une dent, pas plus qu'une dent » …

— Le juge a la responsabilité de proportionner la sanction en fonction de règles publiquement définies. Et à ce propos, je ne résiste pas au plaisir de vous faire part de cette anecdote sur le thème de la justice :

— *Dans la Rome antique, un ancien tribun de la plèbe, Caius Flavius Médiator, unanimement reconnu pour sa sagesse, rendait justice sur la place principale de son quartier. Un jour, Marcus Sulpicius Corpus, un ancien centurion de l'armée romaine, décida de soumettre son affaire au jugement du tribun devant les curieux qui avaient l'habitude de se masser nombreux pour assister aux débats.*

— *Accompagné de sa femme, Calliope, et d'un esclave enchaîné, encadré par deux hommes d'armes, il déclara que celle-ci avait commis le délit d'adultère avec la complicité de l'esclave. Caius Flavius fit remarquer que le délit d'adultère était une faute grave et encore plus sévèrement punie lorsqu'elle avait été commise avec un esclave. Sulpicius opinait du chef tandis que la jeune femme, tête basse gardait le silence.*

L'androïde amoureux

— *« Caius Flavius, je m'en remettrai à ta juste sentence », affirma le centurion de Rome.*

— *« Pourquoi avoir fait cela ? » demanda alors Flavius à Calliope qui n'osait toujours pas lever les yeux. Calliope semblait prostrée, effondrée et sans force pour parler.*

— *« Approche et dis-moi pourquoi tu as fait cela ? » insista le tribun. Elle finit par s'avancer en claudiquant et en s'aidant d'un bâton.*

— *« J'ai cela fait parce que je n'avais pas d'autre moyen de remercier cet esclave qui m'a sauvé la vie » dit la jeune femme d'une voix à peine audible.*

— *« Comment ça ? Il t'a sauvé la vie … ? Expliques-toi ! » Ordonna Caius Flavius.*

— *« Mon époux, me bat régulièrement sans aucune raison, et de plus en plus souvent … Il y a deux semaines, il m'a battue à mort et sans l'aide de l'esclave, j'aurais sans aucun doute succombé à mes blessures … L'esclave m'a soignée et aujourd'hui encore, vous pouvez le voir, j'ai gardé quelques séquelles. Et comme je n'avais pas le pouvoir de l'affranchir ou de le récompenser autrement, je lui ai donné la seule chose qui m'appartienne encore … mon corps ».*

— *A cet Instant, un long murmure parcourut la foule des curieux, avec des remarques partagées entre le reproche et l'indignation. Le tribun interrogea le centurion :*

— *« Marcus Sulpicius, est-il exact que tu bats ta femme sans raison ? ».*

— *Le centurion avoua : « Eh bien estimable tribun, j'ai défendu fièrement la République romaine sur tous les théâtres d'opération, en Gaule, en Afrique et ailleurs. J'ai été décoré pour*

L'androïde amoureux

mes actes de bravoure au combat et je crois que cela me donne certains droits, comme celui d'être le maître chez moi ». "

— Comme chaque semaine, dit le prof, j'invite tous ceux que cela inspire à réfléchir sur la thématique du jour à partir d'une historiette. Je vous demande donc de dire, si vous étiez à la place du tribun Caius Flavius, quel jugement vous auriez prononcé dans ce cas concret et d'en expliquer les raisons. Vous pouvez, comme à l'accoutumée, m'envoyer vos sujets à mon adresse électronique d'ici deux semaines et je lirai les meilleurs extraits de vos copies corrigées dans trois semaines. Des questions ?

Une lumière orange s'alluma alors sur le pupitre d'un étudiant situé dans les plus hautes travées de l'amphithéâtre. Mac Orlan autorisa le jeune homme à poser sa question :

— Monsieur, dit-il, vous avez évoqué la punition comme une réponse juste à la faute commise envers les victimes, pourquoi aujourd'hui, a-t-on totalement aboli la peine de mort, alors qu'elle était, il y a peu de temps encore pratiquée à la suite de certains crimes ?

Un murmure parcourut l'auditoire et quelques sifflets mêmes jaillirent des gradins pour signifier une intolérance à cette question.

— Je vous en prie, jeunes gens, dit le prof, questionner est le droit le plus strict de chacun d'entre vous ici ...

— Pour répondre à votre question, jeune homme, poursuivit Mac Orlan, il faut revenir, à l'origine, sur les raisons de l'existence du châtiment suprême, c'est-à-dire, ce n'est pas pour se venger ou bien s'assurer d'une non-récidive, mais essentiellement pour l'effet dissuasif et préventif du message envoyé aux meurtriers potentiels. Or, toutes les études ont démontré que les abolitionnistes avaient raison lorsqu'ils prétendaient que la peine de mort n'avait aucun effet dissuasif sur le taux de criminalité, et c'est ainsi que, peu à peu, elle a disparu dans tous les Etats dits « civilisés ».

Ce fut le dernier échange du cours et la salle de vida rapidement de tous ses occupants, à l'exception de Maé-Lou qui, comme à chaque fois, rejoignait le prof.

L'androïde amoureux

— Professeur Mac Orlan, dit-elle avec un grand sourire, je crois savoir à présent ce qu'est le plaisir !

— Le plaisir ? demanda le prof intrigué. Quel genre de plaisir ?

— Celui de vous écouter, répondit-elle avec une joie visible, car j'apprécie vos mots, toujours justes et concis, ainsi que vos phrases, toujours claires et efficaces, et j'apprécie aussi vos histoires en cohérence avec les thématiques de vos cours, bien que je ne sois pas certaine d'en comprendre tout le sens et la portée. Par exemple, j'aimerais imaginer quel châtiment a été infligé à cette femme, Calliope, par le tribun Caius Flavius, mais je suis incapable de rédiger une réponse à la question que vous avez posée ...

Mac Orlan se mit à rire devant tant de candeur et d'innocence, puis il reprit son sérieux en pensant qu'il avait devant lui une machine et qu'il avait parfois tendance à l'oublier.

— Les mots que j'utilise et les phrases de mes exposés sont en réalité très travaillés et assez peu spontanés, dit-il, c'est sans doute la raison pour laquelle vous les trouvez adaptés et cohérents.

— Je trouve également que vos réponses sont exemplaires, répliqua-t-elle, lorsque les étudiants vous posent des questions. Et cela n'est pas préparé n'est-ce pas ?

— Détrompez-vous, fit-il remarquer, les questions se répètent chaque année et, avec l'habitude, les réponses sont devenues elles-aussi le résultat d'un travail.

— Je reconnais bien là votre humilité, ajouta-t-elle. C'est aussi une de vos qualités que j'apprécie, celle qui consiste à ne pas montrer sa supériorité aux autres.

Mac Orlan fut touché intérieurement, sans le laisser paraître, par les compliments que Maé-Lou lui adressait, même s'il avait bien

L'androïde amoureux

conscience qu'il avait face à lui une intelligence artificielle. Il pensait en effet, oubliant sa modestie naturelle, que ces propos valaient bien mieux que ceux prononcés par certains humains, puisque, ceux-là, au moins, étaient gratuits et sincères. Ils n'étaient pas inspirés par des calculs sordides ou de mauvaises intentions destinées à plaire par intérêt personnel. Il eut une pensée pour le colonel et le docteur qu'il venait de quitter qui, sans doute, pouvaient suivre leur conversation.

— Maé-Lou, dit-il, vous permettez que je vous appelle par votre prénom ?

— Rien ne me fera plus plaisir, répondit-elle.

— Maé-Lou, poursuivit-il d'une voix grave, J'ai une question importante à vous poser.

En attendant la question avec sérénité, elle le regardait avec de l'admiration dans les yeux, c'est du moins ce qu'il croyait y voir, ou bien peut-être ce qu'il voulait y voir.

— Vous vous souvenez du communiqué de la police que j'ai lu en séance il y a une semaine ? demanda-t-il.

— Bien sûr, répliqua-t-elle. C'est le genre d'information que je n'oublie pas.

— Maé-Lou, questionna-t-il enfin un peu mal à l'aise après une pause, êtes-vous mêlée, d'une manière ou d'une autre, aux meurtres qui ont été commis ces dernières semaines dans le quartier des universités ?

Maé-Lou sembla étonnée par la question, mais, très vite elle réagit :

— Professeur Mac Orlan, dit-elle avec un sourire, vous me demandez si je suis ce tueur en série qui a assassiné trois personnes ?

— Euh … dit-il gêné, oui, c'est ça ! mais il y a quatre victimes à présent …

L'androïde amoureux

— Eh bien, non ! répondit-elle, je n'ai aucun souvenir qui concerne une activité de ce genre. J'ai vérifié toutes mes mémoires et il n'y a aucune trace de mon implication dans un quelconque crime.

— Pensez-vous que, si c'était le cas, quelqu'un aurait pu effacer ces traces ? questionna-t-il.

— Je ne sais pas, répondit-elle spontanément, je suppose que oui, car les possibilités techniques sont immenses ... mais vous avez dit qu'il y avait une quatrième victime, quand cela est-il arrivé ?

— Il y a trois jours, révéla le prof, encore une étudiante, assassinée dans ce même quartier, avec le même mode opératoire, aux environs de vingt-deux heures.

— Alors je vais pouvoir vous prouver que je n'y suis pour rien, dit-elle avec entrain.

Aussitôt, Mac Orlan vit une projection holographique 3D qui montrait un plan fixe dans un petit appartement avec un mobilier qui rappelait celui d'une chambre universitaire. La date et l'heure étaient présentes dans un coin de l'image et indiquaient bien le jour du crime, trois jours auparavant et l'heure, neuf heures et cinquante minutes.

— Voici quel était mon champ de vision juste avant vingt-deux heures, ce jour-là, dit-elle. Je conserve l'enregistrement complet de mes capteurs durant cinq jours avant de les archiver sur le serveur central du laboratoire.

Par sauts successifs de cinq minutes, jusqu'après vingt-deux heures, l'enregistrement montra toujours le même plan de l'appartement.

— J'étais en phase de recharge de mes batteries, dit l'androïde, c'est pourquoi l'image n'est pas très animée.

— Et vous êtes certaine que ces images ne peuvent pas être falsifiées ? interrogea-t-il.

L'androïde amoureux

— Je ne suis certaine de rien, je vous l'ai dit, rétorqua-t-elle, tout ce que je sais c'est qu'il n'y a aucune trace dans mes mémoires d'une preuve quelconque permettant de répondre positivement à votre question. D'ailleurs, je ne vois pas quelles raisons m'auraient poussée à commettre ces horribles crimes, puisque les lois de la robotique me l'interdisent. Pourquoi cette question professeur Mac Orlan ?

— Eh bien, pour être franc avec vous Maé-Lou, répondit le prof avec embarras, d'abord vos concepteurs, les responsables du projet "sapiens Ex-machina", ont dû profondément modifier les lois fondamentales de la robotique implantées chez vous pour vous permettre d'avoir des émotions, et cela a pu altérer l'aspect sécuritaire des lois. Ensuite, la violence avec laquelle vous avez agressé les trois loubards qui nous ont attaqué ainsi que la réaction que vous avez eue à ce moment-là, semblent confirmer que votre attitude envers les humains n'est pas très conforme à celle d'un robot normal.

— Vous pensez donc que je puisse être un danger pour les humains ? demanda calmement l'androïde.

— Oui, répondit-il, j'avoue que je ne suis pas très rassuré, et encore moins après avoir rencontré vos concepteurs, le colonel Narayanin et le docteur Latchoumy. Ils ne s'embarrassent pas de préjugés pour mener leur projet à son terme, on dirait ...

— Je crois que je viens de comprendre ce qu'est la tristesse, dit doucement Maé-Lou.

— Mais vous n'y êtes pour rien Maé-Lou, déclara le prof.

Mais elle avait déjà pris la direction de la porte en escaladant les marches de l'escalier quatre à quatre, laissant Mac Orlan dans la confusion.

L'androïde amoureux

VIII – Maé-Lou

Le professeur Mac Orlan déjeunait ce soir-là avec des amis, dans un restaurant du centre-ville, lorsque son Visio se mit à vibrer dans une de ses poches. Il sut immédiatement qui l'appelait puisqu'il avait attribué une vibration spécifique pour chaque VIP susceptible de se manifester, et il y en avait très peu. Celle-ci était caractéristique de l'inspectrice Amira Calderon. Il s'isola de ses amis pour prendre l'appel et vit aussitôt le visage fermé de la policière :

— Professeur, êtes-vous disponible tout de suite ? demanda-t-elle.

— Euh, ça dépend pourquoi, répondit-il intrigué par le fait qu'elle l'appelle ainsi alors que d'ordinaire elle utilisait son prénom, je suis au restaurant avec quelques copains …

— Quelque chose s'est passé qui vous intéressera, je suis sûre, dit-elle, j'envoie un véhicule vous chercher, dites-moi où vous êtes …

Mac Orlan n'obtint pas plus de précisions sur l'évènement qui avait motivé l'appel de la policière.

Quelques minutes plus tard, un véhicule de la police vint le récupérer sur place et repartit dans la nuit avec le gyrophare en fonction. Il n'osa pas presser l'agent de police de questions et il se laissa conduire dans le quartier des universités où il aperçut un déploiement important de policiers.

— Que se passe-t-il ? demanda le prof en rejoignant Amira Calderon.

L'androïde amoureux

— Suivez-moi, dit-elle, toujours aussi mystérieuse.

Elle le conduisit vers ce qui était, manifestement une scène de crime, puisqu'il devina dans l'obscurité, près d'un massif de buissons, un corps allongé sur le sol. Un médecin légiste se trouvait près de la victime, et en approchant, il reconnut la silhouette de Maé-Lou.

— Nom de Dieu, s'écria-t-il, que s'est-il passé ?

— On pense qu'elle a été agressée par le tueur, dit simplement la policière, elle est encore un peu consciente, mais notre toubib ne peut rien pour elle …

— Professeur Mac Orlan, dit l'androïde d'une voix faible en apercevant le prof, vous êtes ici, je suis heureuse de vous voir …

— Maé-Lou, que vous est-il arrivé ? demanda le prof en se baissant vers elle.

— C'est lui … le serial killer … parvint-elle à articuler avec difficulté. Je voulais … le piéger … mais il a été … plus malin … que moi !

— Le piéger ? interrogea Mac Orlan.

— Avez-vous vu de qui il s'agissait ? interrogea le prof.

Mais l'androïde ne répondit pas et elle respirait avec difficulté.

— Nous suivions votre étudiante depuis que vous nous avez fait part de vos soupçons, expliqua la policière, et nous avons remarqué que depuis plusieurs jours, elle passait ses soirées à arpenter les rues du quartier des universités, précisément là où se trouve le danger. Nous pensions que c'était elle, le tueur, mais la preuve vient de nous être donnée que non. Nous n'avons rien pu faire, lorsque nous sommes arrivés, elle avait été touchée par une arme blanche …

— Comment ça, Maé-Lou ? questionna le prof, vous avez voulu piéger l'assassin ? mais c'est de la folie !

L'androïde amoureux

— Je ne pouvais pas supporter l'idée … d'être soupçonnée de cela … surtout par vous … celui qui m'a tant apporté … et que j'admirais plus que … bredouilla l'androïde, il fallait que je le trouve pour …

— Ne parlez pas, Maé-Lou, dit Mac Orlan, on va s'occuper de vous, on va vous soigner …

— Je ne crois pas, non … la médecine des humains ne peut rien pour moi … dit-elle d'une voix faible. Professeur, avant de vous quitter … j'aimerais savoir une chose …

— Laquelle ? demanda le prof intrigué.

— J'aimerais savoir … dit-elle avec de plus en plus de mal à parler, quel a été le jugement du tribun Caius Flavius … à l'encontre de Calliope …

— Eh bien, répondit Mac Orlan devant les policiers médusés, le tribun a jugé que le centurion avait certes le droit de vie ou de mort mais uniquement sur ses esclaves, et non pas envers sa propre femme. Sa sentence a donc été : de condamner Calliope à l'exil, pour son comportement impardonnable …

— … Mais il a aussi jugé Marcus Sulpicius en partie responsable de ce qui était survenu, et l'a condamné à lui verser 50.000 sesterces en dédommagement pour l'aider à survivre durant son bannissement. Quant à l'esclave, il a été condamné à recevoir 50 coups de fouet sur la place publique avant de rejoindre l'école des gladiateurs afin de méditer sur ses actes et de périr dans l'arène.

— Je suis très … heureuse de ce jugement, dit Maé-Lou dont les yeux se fermaient doucement, merci professeur Mac Orlan …

— C'est quoi cette histoire de Caius Flavius ? demanda la policière.

— Je vous expliquerai un peu plus tard ! répondit vivement Mac Orlan.

L'androïde amoureux

Ce fut l'instant où un bruit assourdissant de sirènes se fit entendre, accompagné d'un flot de véhicules militaires, tous gyrophares dehors, et, quelques instants plus tard, on vit arriver le colonel Narayanin sur les lieux. Il s'approcha rapidement de la scène de crime et regarda brièvement l'androïde avant de faire un signe de la tête pour exprimer son inquiétude.

— Colonel Narayanin, dit le prof, que faites-vous ici ?

— Je viens récupérer ce qui nous appartient, répondit sèchement le militaire, nous devons analyser ce qui s'est passé !

— Holà, doucement, répliqua l'inspectrice Amira Calderon, c'est donc vous le fameux colonel Narayanin ! il s'agit pour nous d'une pièce à conviction importante dans une affaire de tueur en série, vous ne pouvez pas …

— Qu'est-ce qu'on ne peut pas ? interrompit le colonel, en se tournant vers la jeune femme et en montrant les cinq militaires qui l'accompagnaient en tenue de combat.

— Oserez-vous colonel faire entrave à la justice de votre pays ? interrogea la policière. Vous risquez gros devant le juge chargé de l'enquête …

— Nous verrons bien ! déclara le militaire, ceci est la propriété de l'armée de l'air et je dirige un projet confidentiel défense … je vous déconseille de vous mettre en travers de nous …

Mac Orlan remarqua alors un liquide de couleur verdâtre qui s'écoulait d'un orifice sous le corps de l'androïde qui avait totalement perdu conscience.

— Qu'est-ce que c'est ? demanda-t-il en montrant le liquide, c'est du sang ?

— Non, répondit le colonel, mais c'est un élément aussi important que le sang chez l'humain, il s'agit d'un liquide interne qui permet un haut débit de communication entre tous les

L'androïde amoureux

processeurs du robot. Sans ce liquide pour assurer le lien entre les divers organes, aucune intelligence artificielle n'est possible. Lorsqu'elle l'aura perdu, elle décèdera …

— Ne peut-on rien faire pour empêcher cet écoulement ? demanda le prof avec compassion en désignant le corps sans vie de celle qu'il avait connu si vivante.

— Hélas, non, répondit le militaire, le conduit interne a été sectionné net et l'écoulement est bientôt arrivé à la fin …

— Mais cela est réparable n'est-ce pas ? insista le prof.

— Assurément non, dit le colonel catégorique. Les mémoires vont cesser de fonctionner et tout l'acquis accumulé par ce spécimen est en train d'inonder le sol …

— Comment ça ? s'exclama Mac Orlan, mais vous allez pouvoir lui redonner vie en lui restituant le précieux liquide, chez vous, en laboratoire, n'est-ce pas ?

— C'est possible, répliqua le colonel, mais ça ne sera pas la même Maé-Lou, dans la mesure où ses mémoires vont être remises à zéro, une nouvelle machine qui aura tout oublié de la précédente …

Le militaire était déjà en train de donner ses ordres pour emporter le corps de l'androïde sous les yeux des policiers interloqués. Mac Orlan semblait complètement abasourdi et avait du mal à recouvrer ses esprits.

— Hum … je vois que cet androïde vous aimait bien professeur, remarqua Amira Calderon avec un brin d'amertume dans la voix, ou bien vous aimait tout court, mais je vois que vous aussi l'appréciez beaucoup … et vous semblez très affecté.

— Je ne sais pas si elle m'aimait autant que vous le dites, répondit Mac Orlan sortant de sa torpeur, mais il est vrai que j'avais une relation très particulière avec cette … femme … vous voyez je

L'androïde amoureux

n'arrive pas à dire ... machine. Vous imaginez ? un robot capable de sentiments et d'émotions ... c'est fabuleux ! les choses ne seront plus jamais comme avant ...

— Mais, rassurez-vous, Amira, poursuivit le prof, pour moi c'était une relation d'affection totalement platonique, de prof à élève, et en tout état de cause, rien qui puisse justifier la colère, où pire, la jalousie d'une femme aussi exceptionnelle que vous ...

L'androïde amoureux

Amira Calderon et son adjoint Pascal Rywan étaient réunis dans le bureau de la policière, dans les locaux du commissariat de police, en compagnie d'Anoop Mac Orlan pour évoquer le drame qui venait d'avoir lieu.

— Avait-il le droit ce colonel de pacotille d'emmener le corps de la victime qui dépend de l'enquête qui vous a été confiée ? demanda le prof.

— J'avoue que je ne le sais pas exactement, répondit la jeune femme. Certes, le crime a sans doute été le fait du même tueur qui sévit depuis deux mois dans ce quartier, mais cela n'est pas une victime comme les autres, il s'agit d'un androïde et donc, légalement, d'un objet dont le propriétaire semble bien être le colonel … je pense que nous ne pouvions faire obstacle à l'opération de récupération qu'il avait décidée …

— Mais c'est extraordinaire tout de même ! s'exclama Rywan. Il y avait peut-être des indices ou des traces sur le corps du robot qui étaient autant d'éléments pouvant faire progresser notre enquête !

— Oui, c'est vrai, tu as raison Pascal reconnut l'inspectrice, il faudra alerter le juge Wallace dès demain matin.

— Avez-vous eu plus de précisions sur ce fameux projet « sapiens Ex-machina » ? interrogea Mac Orlan.

— Non, rien du tout ! répliqua la policière. Personne n'a daigné répondre aux demandes d'informations que la justice a adressées aux militaires de l'armée de l'air. Black-out complet sur l'objet précis de cette affaire !

— Rien non plus sur l'équipe qui compose le groupe projet ? questionna le prof.

— Non rien ! dit Amira Calderon.

L'androïde amoureux

— Avez-vous pu enquêter sur le médecin qui travaille avec le colonel ? poursuivit Mac Orlan, un certain docteur Fjodor Latchoumy …

Rywan consulta rapidement un écran placé sur le bureau et annonça :

— Non, prof ! ce type ne fait pas partie du recensement officiel de tous les médecins de la région que nous avons obtenu des autorités civiles !

— Cela ne me surprend pas ! observa le prof. Etant donné le caractère confidentiel de ses activités, militaires qui plus est, son nom ne doit pas figurer sur les listes officielles.

— Nous allons l'ajouter sur la liste, dit la policière, et dès demain, Pascal, tu essayes de savoir d'où il sort !

Le policier acquiesça sans dire un mot.

— Pouvez-vous me dire ce qui s'est passé exactement ce soir ? demanda Mac Orlan.

— Eh bien … l'androïde était sous surveillance après les soupçons que vous aviez émis, répondit Amira Calderon. Une équipe de deux hommes la suivait jusqu'à ce qu'ils la perdent de vue quelques minutes lorsqu'elle a traversé le petit bosquet du jardin de l'université. Ils ont vaguement entendu des cris et des bruits de lutte pour découvrir quelques instants plus tard le corps dans la position que vous avez vu …

— Bon sang ! mais qu'est-ce qu'il lui a pris ? s'exclama le prof.

— Vous avez entendu comme moi, dit la policière, elle ne supportait pas que vous la soupçonniez d'être l'auteure de ces crimes et elle voulait prouver que cela n'était pas elle !

— Mais je savais que ça n'était pas elle, se justifia Mac Orlan, puisqu'elle m'avait montré les images de sa soirée au moment

L'androïde amoureux

précis où avait eu lieu le quatrième meurtre … des images qui l'innocentaient … des images … mais bon sang ! Amira …

— Oui ? répondit la jeune femme. Qu'y a-t-il ?

— Mais oui ! les images ! répétait le prof.

— Mais quoi donc les images ? questionna Rywan. Que voulez-vous dire prof ?

— Dans le cadre de ce foutu projet, expliqua Mac Orlan, toutes les images collectées par les « yeux » de Maé-Lou étaient enregistrées en direct par le colonel et son équipe. Nous devons donc nous procurer ces fameuses images au moment où l'androïde s'est fait agresser ! elles pourraient nous en apprendre beaucoup sur les circonstances de sa mort et même, peut-être davantage …

— Mais oui, absolument ! s'écria Amira Calderon, vous avez raison professeur ! si le corps de l'androïde ne nous appartient pas, le colonel ne pourra pas s'opposer à une injonction du juge pour que nous puissions disposer des images correspondant à ses derniers instants. Nous allons nous occuper de cela en priorité demain matin !

— Bon, dit Rywan, cela fait beaucoup de choses à faire demain matin ! tout d'abord demander au juge Wallace si le droit nous autorise à expertiser le corps du robot … ensuite enquêter sur ce fameux toubib ex-machina … et maintenant obtenir un mandat pour visionner les images des derniers instants de la victime !

— Oui, vous avez bien noté Pascal, dit la policière, alors, ne perdons pas de temps pour être en forme et fin prêt demain matin ! Bonne nuit Pascal, à demain …

— A demain, s'exclama le policier en prenant le chemin de la porte.

Amira Calderon fit un petit geste de la main en direction de Mac Orlan pour l'inviter à rester après le départ de Rywan.

L'androïde amoureux

— Alors professeur, demanda-t-elle avec un sourire enjôleur lorsque son adjoint eut disparu, racontez-moi donc cette histoire de Caius Flavius ?

— C'est seulement une anecdote que je raconte à mes élèves pour les faire réfléchir sur le sujet de mes cours, répondit le prof.

— Et qu'avait-elle donc de si extraordinaire cette histoire, pour que l'androïde vous en demande le dénouement au moment même où elle trépassait ? interrogea la policière.

— C'est une complicité entre elle et moi ! répondit simplement le prof en se dirigeant vers la sortie. Je ne crois pas que cela intéresse votre enquête … à demain Amira, nous avons beaucoup de choses qui nous attendent … parce que je ne veux, pour rien au monde, rater ce qui va se passer demain …

L'androïde amoureux

IX – LE TUEUR EN SÉRIE

Il était midi environ lorsque le juge Iacob Wallace, accompagné d'Amira Calderon, de Pascal Rywan et de Anoop Mac Orlan, se présenta devant l'immeuble qui abritait le 5ième régiment de parachutistes de l'armée de l'air. Une sentinelle en uniforme d'une blancheur impeccable leur barra le passage :

> — Stop ! dit-il d'une voix autoritaire, veuillez rebrousser chemin je vous prie ! ceci est un bâtiment militaire où les civils n'ont pas le droit d'entrer !

Le juge Iacob Wallace était un homme avec une stature imposante, près de deux mètres de haut et cent-vingt kilos de carcasse, le regard noir sous des sourcils épais.

> — Je suis le juge fédéral Wallace, et ceci est un mandat de perquisition de justice, jeune homme ! affirma le juge en brandissant un document aux couleurs officielles. Veuillez prévenir immédiatement le général Seppoio que nous sommes missionnés pour intervenir dans ces locaux !

Visiblement décontenancé à la fois par les propos fermes du juge et par l'attitude agressive du colosse qui se montrait peu amène, le soldat hésita un instant avant de répondre d'une voix moins assurée :

> — Monsieur le juge, il est interdit de pénétrer dans ces locaux si vous n'êtes pas militaire !

> — Très bien ! comme vous voudrez, jeune homme, déclara Wallace en montrant du doigt derrière lui, mais vous voyez là-bas, au bout de la rue, ces deux véhicules des forces spéciales de police,

L'androïde amoureux

eh bien, si dans deux minutes vous n'avez pas alerté le général, ces hommes vont investir son QG par la force et vous aurez l'air malin !

Il n'en fallait pas plus pour que le militaire saisisse un visiophone avec lequel il entra en communication avec ses supérieurs.

Quelques minutes plus tard, le juge et ses trois accompagnants étaient introduits dans le bureau du général Walina Seppoio, commandant de la base du 5ième régiment de parachutistes. C'était un homme de couleur, grand et élégant dans sa tenue de militaire, l'air décidé et qui paraissait de prime abord assez peu commode :

— On me dit que vous êtes en possession d'un mandat de perquisition émanant de la justice pour pénétrer dans mon QG ! dit-il d'une voix grave et haute. De quoi s'agit-il exactement ?

— Général, répondit le juge Wallace d'une voix énergique, vous n'ignorez sans doute pas que dans ces locaux se trouvent des personnes qui dépendent de votre autorité et qui travaillent sur un projet appelé « sapiens Ex-machina », n'est-ce pas ?

— Euh … oui, dit-il plus hésitant, mais la teneur de ce projet est gardée secrète et …

— Nous sommes ici pour perquisitionner les lieux qui abritent les hommes et les installations du colonel Narayanin ! coupa fermement le Juge. Il s'agit d'une affaire criminelle en cours concernant jusqu'ici quatre victimes humaines et nous voulons obtenir des informations utiles pour l'enquête que pourraient détenir les membres de ce projet. Nous devons agir vite, car la surprise est notre meilleure alliée, alors général, de deux choses l'une, ou bien vous coopérez avec la justice et vous nous laissez visiter ces locaux sur le champ, soit je fais appel aux forces spéciales de police qui n'attendent que mon ordre pour débarquer dans vos locaux !

L'androïde amoureux

— Mais … monsieur le juge, bredouilla le général, je dois informer ma hiérarchie avant de …

— Pas question ! coupa à nouveau sèchement Wallace. Je viens de vous dire que l'effet de surprise est indispensable et nous n'avons pas le temps de palabrer plus longtemps !

L'androïde amoureux

Le colonel Stanis Narayanin se leva d'un bond de son siège lorsqu'il vit arriver dans son bureau cinq personnes, dont le général Seppoio, qui étaient entrées sans avoir pris la peine de frapper au préalable.

— Mon général, s'exclama-t-il stupéfait, que se passe-t-il ? pourquoi cette intrusion ?

— Ces gens sont de la police fédérale et sont accompagnés d'un juge qui a un mandat qui l'autorise à perquisitionner les locaux que vous occupez, répliqua le général.

— Mais général, objecta le colonel, vous n'ignorez pas que ce projet est classifié « confidentiel défense », et qu'à ce titre, seul un juge militaire peut présenter une requête valable …

— Ce mandat a été co-signé par les deux ministères, Justice et Armées, interrompit le juge Wallace, rouge de colère. Vous n'allez pas m'apprendre mon métier ! d'ailleurs, nous n'avons pas de temps à perdre, alors colonel Narayanin, veuillez nous donner ce que nous voulons ou bien je me ferai un plaisir de vous inculper pour entrave à la justice !

— Mais, voyons, dit le colonel d'une voix plus fluette, il n'y a rien ici qui intéresse votre enquête …

— C'est à nous d'en juger ! asséna le juge de sa voix ferme. Primo, veuillez, je vous prie, rassembler tout votre personnel dans un bureau et nous allons relever leurs identités. Deusio, veuillez nous remettre le corps de l'androïde qui a été agressé hier soir dans le quartier des universités et que vous avez récupéré par la force. Et tertio, nous voulons visionner les images que votre androïde a saisies hier soir au moment où il a été poignardé.

Le colonel Narayanin convoqua un militaire qui faisait office de secrétaire et lui demanda de réunir le personnel dans une salle de réunion voisine, puis il s'adressa au juge :

L'androïde amoureux

— Monsieur le juge, dit-il, le corps de l'androïde Maé-Lou a été « reconditionné » ce matin par le docteur Fjodor Latchoumy, et je doute fort que vous puissiez en tirer grand-chose.

— Comment ça reconditionné ? questionna le juge.

Le professeur et la policière échangèrent un regard de connivence.

— Reconditionné pour la suite du projet, répondit le colonel, c'est-à-dire remis en état de marche avec de nouveaux organes pour remplacer ceux qui ont été endommagés par l'agresseur …

— Colonel Narayanin, interpella le juge d'une voix solennelle, avez-vous conscience d'avoir soustrait un objet qui pouvait être primordial pour le bon déroulement de l'enquête ?

— Un objet, dites-vous ? releva le colonel, vous appelez cet androïde un objet ? alors qu'il s'agit d'un concentré de la plus haute technologie du moment …

— Pour la justice et le droit, il s'agit d'un simple objet en relation avec une enquête de police, absolument ! répliqua le juge, une pièce à conviction. Pour cela vous êtes passible d'une plainte pour entrave à la justice ! je me réserve le droit de déposer plainte moi-même … mais nous verrons plus tard ! pour l'heure, passons au point numéro trois, pendant que l'officier de police Rywan va procéder au contrôle des identités de vos personnels ! général Seppoio, où pouvons-nous visionner les enregistrements réalisés par l'androïde hier soir, à l'heure du crime ?

— Nous pouvons passer dans mon bureau, dit le général. Colonel Narayanin, voulez-vous avoir l'obligeance de projeter ces images sur l'écran holographique de mon bureau je vous prie.

— A vos ordres, mon général ! se contenta de répondre le colonel.

L'androïde amoureux

Quelques minutes plus tard, Walina Seppoio et le colonel Narayanin, accompagnés du juge, d'Amira Calderon et de Mac Orlan étaient installés dans le bureau du général où un militaire, muni d'une télécommande, faisait office d'opérateur. Peu de temps après, à la demande du juge Wallace, le docteur Latchoumy les rejoignit. Celui-ci semblait très surpris de se voir invité à visionner les images collectées par l'androïde.

Très vite, la projection montra ce qu'avait « vu » l'androïde, tard dans la nuit froide. Pendant de nombreuses minutes, il ne se produisit aucun événement notable. Maé-Lou semblait déambuler sans but précis, au gré de son inspiration, dans les ruelles alentour des universités. Puis, on commença à distinguer quelques arbustes qui ornaient la lisière du bosquet des universités non loin des habitations. L'androïde avançait dans l'obscurité d'un pas rapide et se mit à emprunter le chemin de terre qui traversait le petit bois, celui-là même qui grouillait de monde la journée. Mais à cette heure tardive, les passants étaient rares et elle ne croisa personne.

Brusquement, sans qu'aucun signe précurseur ne se soit manifesté, le champ visuel de l'androïde bascula vers l'avant, en direction du sol, comme si le robot avait été bousculé. Ensuite, durant quelques secondes à peine, l'image balaya la gauche puis la droite, à plusieurs reprises, comme si Maé-Lou se débattait et tentait de se libérer de l'emprise de son agresseur dans son dos. Enfin, l'image se figea, et le seul plan fixe visible semblait montrer le ciel sombre de cette triste nuit. On comprenait que l'androïde avait glissé au sol dans une position immobile, exactement comme la police l'avait trouvée en arrivant sur les lieux à peine deux minutes trop tard.

La projection s'était déroulée dans un silence total, hormis le halètement de l'androïde au moment où il était en prise avec son assaillant et tous les participants avaient eu l'attention captée par la scène dramatique.

L'androïde amoureux

— Eh bien, monsieur le juge, finit par demander le colonel Narayanin, quelles sont vos conclusions après avoir visionné la triste fin de cette pauvre Maé-Lou ? pensez-vous toujours que nous avons privé la police de précieux renseignements ?

Il y eut un silence gêné durant quelques secondes tandis que les militaires ne cachaient pas leur jubilation.

— Attendez un instant ! intervint le professeur Mac Orlan.

— Pouvez-vous revenir en arrière s'il vous plait … dit-il avec détermination.

Le jeune militaire opérateur s'exécuta en remontant l'enregistrement jusqu'à ce que l'image montre l'entrée de l'androïde dans le bosquet.

— Qu'est-ce que vous voulez voir ? questionna le colonel avec un sourire ironique. Le visage de l'assassin ?

— Pouvez-vous revenir au moment précédant l'agression je vous prie, poursuivit le prof imperturbable, sans se préoccuper des moqueries du colonel.

— Stop ! s'écria le prof.

Le plan fixe se figea sur la vision des premiers arbustes à la limite du petit bois.

— Vous voyez ? s'écria Mac Orlan.

— Qu'y a-t-il donc à voir ? continua de railler le colonel Narayanin.

— Regardez ! poursuivit le prof en montrant l'heure qui était mentionnée dans le bas à droite de l'image, et notez bien l'heure de l'enregistrement à cet instant, il est 22 heures quarante-sept minutes et 37 secondes, ok ? à présent veuillez poursuivre la projection je vous prie …

— Voilà ! stop ! s'exclama Mac Orlan, vous voyez l'heure à présent ? 22 heures cinquante minutes et 55 secondes. Il

L'androïde amoureux

manque exactement trois minutes et quinze secondes sur cette version de l'enregistrement ! où sont passées les images de ces trois minutes ? que voyait-on à cet instant ?

Le général et le colonel étaient pantois, totalement abasourdis et incrédules de ce qu'ils venaient de voir et d'entendre. Seul le docteur Latchoumy restait de marbre.

— Fjodor, entama le colonel, savez-vous où sont passées ces images ? c'est vous qui êtes chargé de gérer tout cela …

Tous les regards se tournèrent vers le docteur Latchoumy qui ne semblait pas du tout affecté par les événements. A cet instant, l'inspectrice Amira Calderon se leva et se dirigea droit vers l'homme en blouse blanche :

— Monsieur Latchoumy, vous êtes en état d'arrestation, déclara-t-elle haut et fort. Tout ce que vous direz, à partir de maintenant, pourra être retenu contre vous !

Une paire de menottes électroniques, elle s'approcha du docteur qui restait impassible.

— Mais vous êtes folle ! ne put s'empêcher de crier le colonel Narayanin en se dressant hors de son siège. De quoi accusez-vous mon assistant ?

— De meurtre, répondit la jeune femme avec détermination. Il devra répondre de l'accusation d'assassinat de quatre personnes !

— C'est absolument impossible ! s'exclama le militaire.

— Il se trouve colonel Narayanin, expliqua Mac Orlan, que l'enregistrement des derniers instants de Maé-Lou m'a été transmis par ses soins, avant de s'éteindre, sur mon adresse électronique professionnelle, que je n'avais pas consulté avant ce matin. Mais ce matin, quelle ne fut pas ma surprise de découvrir ces images ! une séquence bien complète elle ! avec

L'androïde amoureux

les trois minutes manquantes, où l'on distingue très bien la personne qui aborde l'androïde avant de lâchement l'assassiner par derrière ! Maé-Lou a reconnu monsieur Latchoumy rodant à une heure tardive dans les rues adjacentes à l'université, juste à l'endroit où se sont fait tuer quatre jeunes étudiantes, et, bien sûr, cela devenait compliqué pour lui, étant donné que l'androïde allait révéler sa présence en ces lieux mal famés. Il a décidé de la supprimer et de cacher son geste en maquillant la vérité, mais c'était sans compter sur le fait qu'avant de disparaître l'androïde a eu le temps et la force de m'envoyer une copie non expurgée et ainsi de me prévenir.

— Fjodor, dit le colonel en se tournant vers le toubib, comment est-ce possible ?

L'intéressé ne répondit pas et il regardait le colonel avec un air satisfait.

— Eh bien colonel, expliqua Amira Calderon, tout ceci est possible parce que monsieur Latchoumy, votre fidèle assistant, a des antécédents psychiatriques sérieux ! Lorsque le professeur Mac Orlan nous a prévenu de sa présence sur les images transmises par l'androïde, nous avons fait une recherche rapide et nous avons finalement découvert que celui-ci avait fait de multiples séjours en hôpital psychiatrique dans la province du Manitoba, le dernier ayant eu lieu il y a à peine deux ans ! vous devriez mieux filtrer et choisir vos collaborateurs colonel ! et éviter les psychopathes !

Sur ce, laissant le général et le colonel encore sous le choc, le juge ordonna de déguerpir sur le champ et les policiers, suivis du prof, encadrèrent le docteur Latchoumy, les poignets menottés, pour le conduire au commissariat.

L'androïde amoureux

— Il s'agit tout de même d'une histoire à peine croyable ! remarqua l'inspectrice Amira Calderon.

Ils étaient réunis à nouveau tous les trois dans le bureau de la policière pour évoquer les événements récents qui avaient conduit à l'arrestation du docteur Fjodor Latchoumy.

— Oui, c'est en effet une histoire rocambolesque, répondit le prof, mais n'oublions pas que c'est grâce à l'initiative de Maé-Lou que nous avons pu dénouer cette affaire, et sans elle, il est probable que le tueur courrait encore et que, peut-être, il aurait fait d'autres victimes.

— Ce que vous dites est vrai, prof, reconnut Rywan, mais il y a une chose qui me chagrine encore …

— Laquelle ? demanda la policière.

— Souvenez-vous, dit l'adjoint, au début de cette enquête nous cherchions désespérément la « signature » du tueur en série, ce qui est la preuve qu'il s'agit d'un seul et même assassin … mais là, nous n'avons toujours pas trouvé cette foutue signature et donc, je me demande si nous n'avons pas raté quelque chose …

— Il a raison, Professeur Mac Orlan, avez-vous une explication plausible ? vous, l'éminent criminologue … déclara Amira Calderon avec un brin d'ironie dans la voix.

— Eh bien, répondit le prof avec aplomb, cela semble en effet étonnant, d'avoir identifié ce qui est sans nul doute un « serial killer » et de ne pas pouvoir reconnaître sa signature. Mais, en réalité, même si cela n'est pas fréquent, cela arrive quelquefois, je l'ai appris par la littérature spécialisée sur le sujet, il est des cas où la signature est en quelque sorte confondue ou imbriquée avec le mode opératoire.

— Ce qui semble bien être le cas qui nous intéresse, poursuivit-il. Le mode opératoire de Latchoumy est incontestablement la

L'androïde amoureux

chasse aux jeunes femmes étudiantes, de nuit, qu'il assassine toujours avec le même procédé, dans le même quartier, ce qui l'a perdu d'ailleurs, un seul coup mortel porté au cœur avec une dague, celle que nous avons retrouvée dans ses affaires personnelles, et qui est en même temps sa « marque de fabrique », si on peut oser cette expression …

— Latchoumy était d'une efficacité redoutable avec sa dague, enchaîna le prof, tout simplement parce qu'il connaissait parfaitement l'anatomie humaine, de par son métier, et c'était également sa signature cachée dans son mode opératoire ! la raison pour laquelle il agissait ainsi est sans doute perdue à jamais au plus profond de ses ténébreuses synapses !

— Voilà une brillante démonstration ! reconnut la policière, ainsi Pascal, tu as toutes les réponses que tu souhaitais !

— Euh … pas tout à fait ! s'exclama Rywan l'air contrit.

— Quoi encore ? demanda Amira Calderon en poussant un long soupir.

— Eh bien, dit-il apparemment soucieux, je ne comprends pas pourquoi un tel projet, le machin ex-machina, a pu être confié à l'armée de l'air ! concevoir un androïde capable d'éprouver des émotions … j'aurais plutôt confié ça sous la responsabilité de n'importe qui d'autre, mais jamais à des militaires !

— A moins que l'objectif ultime ne soit de pourvoir de la compagnie féminine à nos militaires esseulés, poursuivit-il.

— Pour votre information, observa le prof, le projet « sapiens Ex-machina » disposait de deux androïdes, l'un de sexe féminin, Maé-Lou, et l'autre de sexe masculin …

— Oui, bien sûr, répliqua Rywan sans se démonter, il en faut pour tous les goûts !

Amira Calderon et Anoop Mac Orlan éclatèrent de rire.

L'androïde amoureux

LA RÉVOLTE DES ROBOTS

L'économie de la planète est désormais assurée entièrement par les robots qui ont pris la place des êtres humains pour tous les travaux productifs et cela permet à l'homme de vivre ses passions sans avoir à se préoccuper des contingences matérielles. Mais seulement la moitié de la population terrestre jouit des bienfaits de cette organisation économique, celle des pays du continent américain, de l'Europe, de l'Océanie, d'une petite moitié de l'Asie et de quelques pays africains seulement, réunis au sein de la Confédération des Peuples. L'autre moitié de l'humanité, de très loin la moins développée, continue de vivre selon les modalités de l'ancien monde et l'insécurité, la faim et la barbarie sont le lot commun de ces populations.

Niels Jacobsen, le Premier Citoyen de la Confédération, commémore le cinquantième anniversaire de la naissance de la Confédération et fait un bilan élogieux de son action à l'occasion d'un débat télévisé, malgré les questions pertinentes de ses opposants. Tout semble donc aller de manière idyllique pour l'homme fort de la planète, mais bientôt les choses vont inexplicablement se gâter sur le territoire de la confédération africaine ...

La révolte des robots

I – Le Premier Citoyen

Il y avait énormément de monde sur le plateau de TV Libertadores, l'une des plus importantes chaine de télévision au monde, réputée pour son audience planétaire. C'était l'heure de la fameuse émission du journaliste politique Joachim Benitez et ce soir-là, il avait un invité non moins célèbre, Niels Jacobsen en personne, le Premier Citoyen de la Confédération des Peuples.

Joachim Benitez était un journaliste sérieux, d'apparence souvent froide et austère, même s'il pouvait devenir très humain et très sensible au cours de ses entretiens. Il avait la réputation de n'avoir aucune complaisance à l'égard des politiciens qu'il interviewait, avec un vrai désir d'approfondir les choses et de se projeter à long terme.

Face à lui se tenait Niels Jacobsen, le Premier Citoyen, un homme déjà âgé, les cheveux blancs, de corpulence chétive et vêtu d'un costume gris en soie, de grande qualité mais d'une banalité affligeante. Il avait la réputation de disposer d'une main de fer dans un gant de velours et, malgré son allure affable, son regard perçant, d'un bleu acier glacial, en disait long sur sa détermination.

> — Monsieur le Premier Citoyen, commença le journaliste, tout d'abord je tiens à vous remercier d'avoir accepté de répondre à nos questions en ce jour du cinquantième anniversaire de la naissance de la Confédération des Peuples.

> — Cela est somme toute naturel, répondit Jacobsen en esquissant un léger sourire, puisqu'il est désormais devenu traditionnel de soumettre les dirigeants de cette magnifique institution, une fois par an, à ce jeu des questions et des réponses. Mais aujourd'hui

160

La révolte des robots

est un anniversaire un peu particulier, puisque, vous l'avez rappelé, cela fait cinquante ans que nos glorieux ainés ont eu le courage et la lucidité de permettre la création de la Confédération des Peuples.

— Oui, parfaitement, monsieur le Premier Citoyen, reprit Benitez, et c'est aussi l'occasion de nous dire où en est précisément la confédération, y a-t-il de nouveaux membres depuis l'année dernière ? quels sont les projets majeurs de l'institution que vous présidez ?

— Avant de vous parler de nos projets, dit le Premier Citoyen, permettez-moi de rappeler d'où nous venons et quels sont les défis que l'humanité va devoir encore relever avant d'atteindre l'aboutissement ultime que nos ainés ont souhaité.

Le vieux monsieur prit le temps de boire une gorgée d'eau au verre qui avait été disposé devant lui.

— Certes, poursuivit Jacobsen, beaucoup de gens connaissent déjà ce que je vais dire, mais il est bon de rappeler à certaines occasions le chemin qui a été parcouru jusqu'ici. La Confédération des Peuples, créée voici un demi-siècle, rassemble aujourd'hui près de 50% de la population mondiale, 49% pour être précis, soit près de 4 milliards d'individus, avec un peu plus de 50% des pays, 51% pour être précis, dispersés sur les cinq continents. Certes, nous sommes inégalement répartis entre eux, puisque la Confédération regroupe tous les pays, sans exception, du continent américain, tous les pays de l'Europe aussi, 75% des populations de l'Océanie, mais 43% des populations d'Asie et seulement 6% pour l'Afrique ...

— Nos aïeux ont eu, disais-je, suffisamment de courage et de lucidité pour procéder, dans le cadre de l'ONU, à l'établissement d'une institution qui démontre tous les jours son bien-fondé. Du courage, pour avoir osé abolir les vieux systèmes politiques qui

La révolte des robots

faisaient des pays de cette planète des concurrents acharnés, n'hésitant pas à se faire la guerre pour exister. Du courage aussi pour avoir su fédérer tous ces Etats et pour avoir instauré leur cohabitation dans un seul et même régime politique et socio-économique ...

— Même si tous les conflits de la planète ne sont pas encore résolus, on ne peut ignorer que la Confédération a permis de régler, entre autres, le problème israélo-palestinien, de même que la confrontation Est-Ouest, ainsi que les différents entre l'Occident et la Chine, ou bien tout simplement l'antinomie entre les pays d'Amérique du Sud, avec en tête le Mexique et le Venezuela et les Etats-Unis ...

— Il a fallu également de la lucidité à nos ainés, car notre vieille planète était à bout de souffle et continuer à polluer et à piller sans mesure ses ressources naturelles aurait conduit à la destruction pure et simple de notre cadre de vie. Le climat était alors déjà totalement déréglé et c'est de justesse que nous avons évité la catastrophe qui nous guettait avec la poursuite des activités de nos industries, toujours plus soucieuses de leurs résultats financiers que des considérations humanitaires ...

— Bref ! nos pères ont fait preuve d'une immense clairvoyance et nous devons les en remercier pour cela. Leur initiative a permis d'instaurer une société qui a banni la guerre, d'octroyer un Revenu Individuel Permanent à tout le monde et d'éradiquer la violence, la faim, la misère et la plupart des maladies. Certes, tout cela a été possible grâce au développement de la robotique qui produit tout ce dont a besoin l'humanité et l'homme n'a plus à travailler pour vivre pas plus qu'à dominer pour s'épanouir. Désormais, l'être humain peut vivre ses passions artistiques, ou bien pratiquer son sport favori ou bien encore se cultiver et étudier dans les universités, et cela en toute gratuité et en toute quiétude ...

La révolte des robots

— Si vous le permettez monsieur le Premier Citoyen, interrompit le journaliste, le principe de cette émission étant de répondre à certaines questions posées par nos spectateurs je vous propose donc la première que nous avons sélectionnée pour vous …

Un visage juvénile apparut en gros plan sur un grand écran holographique. C'était un jeune homme, à l'allure décontractée rappelant celle des étudiants qui fréquentaient le quartier des universités tout proche.

— Monsieur Jacobsen, dit-il avec de la passion dans la voix, vous venez d'évoquer ce que vous estimez être les bienfaits de la Confédération, mais vous avez oublié de dire que, dans la configuration actuelle, nous accaparons 72% des terres et plus de 90% du PIB total de la planète. Il reste encore plus de la moitié de la population terrestre, hors de la Confédération, qui vit dans des conditions inhumaines avec un PIB de moins de 2.000 ECU par habitant, alors que chez nous il est dix fois plus élevé. Donc, monsieur le Premier Citoyen, voici ma question : quand serons-nous en mesure d'inclure dans la Confédération tous les peuples qui vivent sur notre planète ?

Il y eut un court moment de silence sur le plateau de TV Libertadores, occupé en majorité par des partisans politiques du Premier Citoyen. Celui-ci prit le temps de réfléchir avant de répondre :

— Jeune homme, dit-il avec un léger sourire, je suis tout aussi impatient que vous de voir notre Confédération s'agrandir pour accueillir tous les habitants de la Terre. Mais …

— Car les choses ne sont pas, hélas, aussi simples, enchaina-t-il aussitôt. Si le partage des richesses a été possible il y a cinquante ans, c'est précisément parce que le PIB par habitant dans la Confédération, environ 20.000 ECU par an en effet, n'est pas trop éloigné de celui qui était en vigueur dans les pays les plus riches de la planète. Sans quoi, et on peut le comprendre aisément, ce partage n'aurait jamais été accepté. Or, si nous intégrions dans la Confédération l'ensemble des pays qui n'en font pas partie, il est facile de calculer que ce revenu par habitant serait divisé par deux, et donc, serait insuffisant pour vivre décemment ...

— Face à cette difficulté, nous nous refusons d'accroitre la production pour augmenter le PIB par habitant car cela serait contraire à notre politique de rationalisation de l'exploitation des ressources naturelles de la planète, chose que nous avons enfin réussi à maitriser, ainsi que la pollution qui en résulte. Nous préférons attendre que les autres pays, hors de la Confédération, deviennent suffisamment vertueux pour espérer nous rejoindre. C'est cette politique que nous conduisons et qui nous amène, de temps à autre, à intégrer de nouveaux pays, lorsqu'ils sont prêts à se plier à nos règles. Les derniers en date sont l'Ukraine et la Moldavie, il y a cinq ans, ce qui a eu pour effet d'achever l'intégration de tous les pays de la vieille Europe dans la Confédération.

— Merci, monsieur le Premier Citoyen, interrompit le journaliste d'un ton autoritaire, après cette question qui pourrait provenir de vos opposants de gauche, voici une autre question qui représente sans doute l'opinion de vos opposants de droite ...

Il manipula une télécommande et le visage d'une femme apparut sur l'écran holographique. C'était une femme d'une trentaine d'années, avec de longs cheveux blonds, le regard vif et un air très sérieux.

— Monsieur le Premier Citoyen, dit-elle, personne ne peut nier que ce sont les idées marxistes qui ont préludé à la naissance de la Confédération, et, qu'on le veuille ou non, il faut bien réaliser que nous vivons dans un système communiste. La limitation des naissances, la planification de la production exclusivement d'état, le partage égalitaire des revenus, une vie des citoyens dans l'assistance et l'oisiveté, bref ! la liste est longue des

La révolte des robots

empreintes de la main mise exclusive des autorités sur la vie publique et privée des individus. Monsieur le Premier Citoyen, ne craignez-vous pas, comme l'histoire nous l'a enseigné depuis des siècles, que les régimes politiques de cette nature conduisent au désastre et au chaos ?

Un long silence s'installa à nouveau sur le plateau, tandis que le Premier Citoyen prenait le temps de se rafraichir en relisant ses notes.

— Madame, répondit-il avec un rictus nerveux que l'on prenait fréquemment pour un sourire, je pourrais moi aussi partager vos inquiétudes, si … si nous étions dans un régime tel que ceux auxquels vous faites allusion. Mais cela n'est pas le cas et la meilleure preuve c'est que vous êtes là, à me poser ce type de question. Dans un régime communiste, il n'y a pas d'opposition libre et vous ne seriez donc pas face à moi, maintenant … je vous rappelle très volontiers que nous disposons d'institutions démocratiques et que je suis élu pour un mandat de cinq ans, au terme duquel, vos idées, si elles sont majoritaires, pourront avoir cours …

— Ceci étant posé, vous avez fait allusion à certaines règles que nous avons adoptées concernant la vie publique et privée des citoyens de nos pays. Parlons-en ! nous avons fondé l'essentiel de notre politique sur la régulation de la production des biens de consommation, et pour cause ! avant cela, en effet, qu'avions-nous ? … des pays qui puisaient sans compter dans les ressources terrestres aux seules fins de domination et d'enrichissement, sans aucune limite ! au prétexte que la libre concurrence et l'économie libérale allaient tout réguler de manière naturelle ! …

— Vaste chimère ! poursuivit le Premier Citoyen avec de la vigueur dans la voix à propos d'un sujet qui visiblement le passionnait. L'exploitation inégalitaire des ressources naturelles de la terre, combinée aux flux migratoires provoqués par le dérèglement

La révolte des robots

climatique et à la course incessante aux armements de la part de la plupart des pays, nous conduisait sans aucun doute tout droit à l'holocauste nucléaire et au génocide d'une grande partie de la population ...

— Bien entendu, notre politique économique s'accompagne d'un contrôle des naissances, et non pas d'une limitation, puisque dans certains pays, c'est, au contraire, une politique d'encouragement à procréer qu'il faut promouvoir. Notre objectif est de stabiliser la population de la planète, pour à la fois, éviter les surpopulations et régénérer la race humaine. Quant à nos concitoyens, que vous traitez d'assistés et d'oisifs, ils perçoivent simplement un Revenu Individuel Permanent, réparti de manière égalitaire, qui leur permet de vivre sans contrainte matérielle. Autant que je sache, toutes les enquêtes d'opinion convergent pour nous confirmer qu'ils sont, dans une grande majorité d'entre eux, parfaitement heureux de leur sort ...

— Certains de vos opposants objectent, à ce sujet, insista Benitez, que l'absence de compétition et de difficultés pour vivre va provoquer chez les humains toutes sortes de dégénérescences héréditaires. L'instinct animal de l'homme ne risque-t-il pas de se perdre au fil des générations au sein de la Confédération ?

— L'instinct animal de l'homme ... releva le Premier Citoyen, vous voulez sans doute parler de l'instinct animal brutal qui incite le genre humain à se faire la guerre ...

— Non, je parle de l'instinct animal de conservation de l'espèce, répliqua le journaliste.

— De tous temps, expliqua patiemment Jacobsen, l'humanité a toujours souffert de trop d'agressivité plutôt que de trop de civilisation, vous ne croyez pas ? ce qui nous éloigne de l'instinct sauvage de conservation, c'est précisément la civilisation ...

La révolte des robots

alors, qui peut prétendre que l'avenir de la race humaine est plus d'animalité et moins de civilisation ?

— Voici une autre question de la part de l'un de nos téléspectateurs, enchaina Benitez.

L'écran holographique montra le visage d'un vieux monsieur, chauve et barbu qui semblait sortir tout droit de la fameuse « époque des contestataires ».

— Monsieur le Premier Citoyen, dit-il, beaucoup de rumeurs font état de la présence d'armes de toutes natures, y compris nucléaires, qui circuleraient à proximité de nos frontières, alors voici ma question : la Confédération est-elle à l'abri d'une agression de la part des « pays exclus » ?

Jacobsen prit à nouveau le temps de la réflexion en buvant quelques gorgées d'eau.

— Votre question, monsieur, dit-il, est tout à fait pertinente. Vous n'êtes pas sans ignorer que nos ainés ont procédé à l'éradication des armes nucléaires quelques années avant d'instaurer la Confédération. La plupart des pays détenteurs de l'arme atomique ont spontanément accepté de signer le traité de Sofia qui prévoyait l'abandon total de toutes les armes de destruction massive. Mais, il a fallu néanmoins contraindre par la force certains pays qui ne souhaitaient pas se débarrasser de leurs armes. Cela a été le cas notamment de l'Inde, du Pakistan, de l'Iran et de la Corée du Nord. A part l'Iran, ces pays ne font pas partie aujourd'hui de la Confédération ...

— Les Talibans ont mis la main non seulement sur l'Afghanistan, mais aussi sur le Pakistan, et la Corée du Nord est toujours gouvernée par des dictateurs psychopathes. Mais où est donc passée l'Inde de Gandhi ? ce pays est gouverné aujourd'hui par des militaires qui ne pensent qu'à détruire leur voisin, le Pakistan. Nous surveillons de près tous ces pays, et d'autres

La révolte des robots

également, et nous serons intraitables si d'aventure l'un d'eux venait à se doter d'armes de destruction massive. Notre avance technologique dans le domaine militaire, avec une armée désormais totalement robotisée, nous permettrait d'intervenir dans les meilleurs délais si cela s'avérait nécessaire.

— Monsieur le Premier Citoyen, déclara le journaliste, voici ce qui sera notre dernière question ...

Joachim Benitez manipula sa télécommande et une carte du monde apparut sur le grand écran holographique. Elle montrait l'ensemble des pays du globe teintés de différentes couleurs, le vert pour les « pays inclus » dans la Confédération et l'orange pour les « exclus ». On pouvait voir en effet, comme l'avait indiqué le Premier Citoyen, que tous les pays du continent Américain, du Nord au Sud, étaient en vert, tout comme l'intégralité de la zone Europe, incluant la Russie.

Le continent asiatique était morcelé en deux parties. Le vert s'étendait depuis la Russie jusqu'à la Chine, en incluant la Mongolie, le Kazakhstan, le Turkménistan, l'Iran, l'Irak et l'Arabie Saoudite. L'orange recouvrait toute l'Asie du Sud, depuis l'Ouzbékistan jusqu'à la Malaisie et l'Indonésie en passant par l'Inde et le Pakistan. Le Yémen et la Corée du Nord formaient des enclaves de couleur orange dans la zone verte de la Confédération.

Le continent africain, au contraire, était entièrement recouvert d'orange depuis les pays du Maghreb, la Lybie, l'Egypte et toute l'Afrique noire, à l'exception de l'Afrique du Sud, du Botswana et de la Namibie qui formaient la confédération d'Afrique. L'Océanie, en majorité représentée par l'Australie et la Nouvelle-Zélande, était largement teintée de vert.

— Comme nous pouvons le voir sur cette carte du monde, questionna le journaliste, la Confédération est très inégalement répartie sur les cinq continents. Vos prédécesseurs ont jugé utile d'ériger d'immenses murs aux frontières avec les pays exclus terrestres. Or, il est notoirement connu que les populations de ces pays exclus viennent par dizaines de milliers s'agglutiner derrière ces murs, ainsi qu'aux frontières maritimes, dans l'espoir de pénétrer chez nous. Cela crée quotidiennement des tensions ainsi que des drames humains, car ce sont nos robots militaires qui font respecter l'interdiction d'entrer, avec plus ou moins de délicatesse, c'est le moins que l'on puisse dire … alors, voici notre question : allez-vous monsieur le Premier Citoyen, comme vos prédécesseurs, poursuivre cette politique intransigeante d'interdiction d'entrée aux plus démunies de ces populations ?

Jacobsen observa longuement la carte projetée sous ses yeux avant de répondre d'un ton calme mais ferme.

— Cette carte montre de manière éloquente à tous ceux qui l'auraient oublié, dit-il, combien notre situation est précaire, notamment en Asie et en Afrique. Nous savons, en effet, qu'il y a des foules qui se pressent à nos frontières terrestres en espérant les franchir, et qui vivent dans des conditions sanitaires inhumaines à même des bidonvilles. Malgré notre compassion pour ces populations, leur destin ne dépend pas de nous car ils sont sur les territoires exclus et il appartient à leurs gouvernants de gérer le problème. Alors oui, je suis comme beaucoup de nos concitoyens, choqué par cet état de fait, mais je ne vois pas comment nous pouvons sensiblement améliorer le sort de ces pauvres gens, si ce n'est, comme nous le faisons actuellement déjà, en les aidant sur le plan humanitaire et en distribuant de la nourriture et des médicaments en attendant qu'ils puissent nous rejoindre.

La révolte des robots

II – Le gladiateur

Mel, surnommé quelquefois "el gladiator", avait choisi de foncer en courant rapidement en direction du sud lorsqu'il aperçut une petite masure délabrée qui semblait lui convenir pour s'abriter et s'arrêter un instant reprendre son souffle. Roxy, sa magnifique chienne Doberman était à ses côtés, collée à lui, comme elle en avait l'habitude chaque fois qu'ils étaient « en chasse ». Il avait repéré quatre de ses poursuivants, deux qui se dirigeaient vers lui dans un drone à basse altitude et deux qui suivaient sa trace à pied quelques trois cents mètres derrière lui, mais il avait perdu de vue le cinquième, et il n'aimait pas ça !

Vue des hauteurs de la ville, la scène pouvait sembler surréaliste. Une « chasse au gladiateur » se déroulait dans l'arène de Bombay, située proche du *Sanjay Gandhi National Park*, qui contenait plus de 250.000 personnes. Les spectateurs assistaient "en live", depuis les gradins aménagés en salle de spectacle, à une chasse très particulière, celle d'une équipe d'humains, dont le challenge était de traquer un gibier, lui aussi très particulier, puisqu'il s'agissait d'un humain qui tentait d'obtenir le titre très prisé de « gladiateur ». Le rang de « gladiateur », en mémoire aux combattants de la Rome antique, était décerné aux « gibiers » qui avaient réussi à survivre à une chasse à l'homme. Les « chasseurs » étaient de richissimes personnalités, venues parfois incognito des pays de la Confédération, qui payaient très cher le droit de participer à une telle traque.

L'issue de la battue, qui se déroulait selon des règles strictes, était le plus souvent la mort du gibier. Dans le cas contraire, chose

La révolte des robots

extrêmement rare, le rescapé recevait alors une prime conséquente ainsi que la gloire et les honneurs rendus lors de l'attribution du titre de gladiateur.

Mel avait plusieurs fois déjà été titré « gladiateur », d'où son surnom, et sa renommée le précédait dans toutes les arènes où il avait l'habitude de se produire. Mel était un colosse de près de deux mètres de haut, avec cent dix kilos de muscles, âgé d'une trentaine d'années, et un véritable aventurier des temps modernes. Sa nationalité, française, lui aurait permis de vivre à l'abri du besoin dans l'un des pays de la Confédération, mais il avait choisi de bourlinguer dans les « pays exclus », à la recherche de sensations fortes telles que les épreuves comme la « chasse au gladiateur » étaient de nature à lui procurer.

Les rumeurs colportées sur lui mentionnaient le fait qu'il avait été élevé par son père, dans les forêts de l'Afrique centrale, alors que celui-ci était exploitant forestier pour le compte d'une grande compagnie européenne. Son père lui aurait ainsi donné le goût du risque et de l'aventure et le garçon n'aurait jamais pu se satisfaire d'une vie oisive et sans histoire comme le prédestinait son origine. On disait aussi de lui qu'il était passé maître dans l'art du maniement du sabre laser, à l'occasion de séjours passés au Japon, où il avait étudié les arts martiaux à la manière des Samouraïs modernes. Il était ainsi devenu un guerrier redoutable, capable de tuer avec ses mains, avec son sabre, fabriqué avec un alliage inconnu d'une résistance à toute épreuve, tout autant qu'avec une arme automatique.

Mais pour l'heure, Mel "el gladiator" était préoccupé à sauver sa peau dans cette enceinte de Bombay où se déroulait, comme chaque année, le "Sacre des Champions", l'une des épreuves les plus dotées du circuit. Le spectacle n'était pas retransmis en direct à la télévision, seulement en différé, par crainte d'éventuelles tricheries de la part des chasseurs comme du gibier. Bien que les jeux soient interdits dans la

La révolte des robots

Confédération, beaucoup de gens étaient fans de ce genre d'émission qui était ainsi devenue très populaire.

On était au milieu de l'après-midi et il faisait très chaud. Mel transpirait légèrement, mais il savait que cela n'était pas à cause de la chaleur, à laquelle il était entrainé, mais que c'était dû, comme à chaque fois, à une poussée d'adrénaline qui le transcendait à un point tel qu'il se sentait invulnérable.

C'est lorsqu'il vit la tête de Roxy se retourner brusquement en direction d'une habitation voisine que, par réflexe, il se jeta au sol. Bien lui en prit car, à cet instant précis, un impact d'arme laser arracha un bout du crépis du mur d'en face. Le cinquième homme … le chasseur qu'il avait perdu de vue, avait fait le choix de se poster sur le toit d'un petit immeuble, guettant sa proie à la manière d'un sniper. Il avait bien failli surprendre Mel, si celui-ci n'avait pas remarqué le mouvement soudain de la chienne, sans doute alertée par son ouïe quatre fois plus développée que celle des humains. C'était l'une des raisons pour lesquelles il aimait avoir son animal favori à ses côtés, repérer de petites choses qui font souvent la différence. Et cela n'était pas la première fois que le gladiateur devait la vie à l'un de ses animaux de compagnie. La chienne était elle aussi entrainée au combat, et elle obéissait à ses gestes tout autant qu'à sa voix mais aussi à un petit sifflet ultrasonique que Mel avait en permanence à disposition.

Par geste, Mel fit comprendre à l'animal de rester à l'abri dans la masure, tandis que lui se faufilait à l'extérieur par un côté opposé à celui d'où venait le tir laser. Par petites courses de dix mètres, s'arrêtant ensuite quelques secondes pour évaluer le danger, tendant l'oreille accroupi au sol, il parvint tout près de l'entrée de l'immeuble où se tenait le sniper quelques minutes auparavant. Prestement il s'introduisit dans le petit bâtiment par une fenêtre délabrée et se mit aussitôt à plat ventre. Il attendit ainsi un long moment jusqu'à ce qu'il finisse par entendre des sons de voix provenant des étages supérieurs.

La révolte des robots

C'était manifestement un homme qui communiquait avec les autres en parlant très doucement dans une langue ou un dialecte que Mel ne connaissait pas. La consonance du langage lui rappelait vaguement l'Arabe et il pensa alors que les chasseurs devaient être de riches nababs du pétrole.

Lorsqu'il comprit que l'homme était en train de descendre l'escalier et qu'il se dirigeait vers lui tout en dialoguant sans doute avec les autres chasseurs, Mel se glissa lentement sous la cage d'escalier sans faire le moindre bruit. L'homme était grand, le teint basané, et portait un costume oriental traditionnel, avec une gandourah de combat, la tête ornée d'un keffieh et une arme laser à tir de précision en main. Il fut happé par le bras puissant de Mel et avant de comprendre ce qu'il lui arrivait, il était mort, le cœur transpercé par un poignard de commando. Mel maintint le corps de la victime en suspend d'un bras et de l'autre il exerça une pression sur la bouche pour s'assurer que le micro ne puisse transmettre aucun son aux oreilles des autres.

Puis il laissa le corps glisser au sol, inerte, et s'empara du fusil laser, une arme qu'il connaissait bien. Inévitablement, les autres chasseurs allaient finir par comprendre qu'il était arrivé quelque chose à leur compère et ils allaient venir voir de plus près. Mel entendait d'ailleurs leurs voix dans l'oreillette qui montraient leur inquiétude, le chasseur ne répondant plus à leurs questions. A cet instant, une immense clameur souleva les gradins de l'arène tandis que l'ensemble des écrans d'information affichaient : "Gladiator = 1, Hunters = 0". En effet, des capteurs mesuraient la fréquence cardiaque de chacun des belligérants et permettaient de savoir instantanément lequel avait cessé de vivre.

La révolte des robots

Les deux chasseurs étaient proches du petit bâtiment où leur complice avait coupé la communication. Ils avançaient avec précaution, l'arme pointée en direction de l'immeuble, puis ils se séparèrent à quelques dizaines de mètres de la porte d'entrée plongée dans l'obscurité, pour prendre le gibier en tenaille.

Le premier était un homme plutôt petit, basané et barbu, tête nue, sa longue djellaba noire avait du mal à cacher sa silhouette ventripotente. Il suait abondamment et visiblement, il essayait de cacher sa peur. En fait, l'idée de se retrouver nez-à-nez avec le célèbre "gladiator" le terrorisait.

Le second chasseur était un homme plus jeune, avec une démarche plus assurée, et lui semblait, au contraire, très excité par la renommée du gibier. Il était de race blanche avec un style très européen, vêtu d'habits spécialement taillés pour les chasses d'été, et disposait d'un armement moderne très sophistiqué.

Ils étaient à présent devant l'entrée de l'immeuble, à l'arrêt, se regardant pour savoir lequel des deux allait avoir le courage d'entrer en premier. Sans un mot, ils faisaient des gestes pour s'inviter mutuellement à franchir le seuil du bâtiment. Finalement, ce fut le plus jeune qui se décida à marcher lentement dans la direction de la porte d'entrée, couvert par la vigilance du plus petit. Au-dessus d'eux, le drone occupé par les deux autres chasseurs avait pris une position stationnaire pour surveiller les abords de l'immeuble. Manifestement, si la cible était présente dans le bâtiment, il aurait beaucoup de mal à en sortir vivant.

Le plus jeune fit signe à son compère de se coucher eu sol et, tout en se protégeant en longeant le mur d'à côté, il jeta une grenade offensive dans la pénombre de l'entrée. La déflagration fut accueillie par une immense clameur de la foule qui suivait sur les écrans la progression des chasseurs. Le petit immeuble fut secoué par le souffle de l'explosion et une poussière grise aveuglante envahit tous les alentours.

La révolte des robots

Pendant un moment qui parut très long à tout le monde, on ne pouvait plus distinguer les silhouettes des deux hommes qui, manifestement surpris par l'effet de la grenade et incommodés par la poussière, étaient pressés de retrouver une visibilité normale. Après que le nuage de poussière se fut dissipé avec l'aide d'une légère brise provenant de l'océan, un nouveau vacarme secoua les gradins de l'arène. Le chasseur à la djellaba noire était étendu sur le sol, décapité, et les écrans d'information affichaient : "Gladiator = 2, Hunters = 0".

Son complice, couvert de poussière, le visage soudain décomposé, hurlait dans son microphone à destination des deux autres qui étaient toujours dans le drone en vol au-dessus de l'endroit. Personne n'avait rien vu, le gibier ayant été suffisamment prompt pour commettre son forfait et disparaitre sans laisser de trace. L'homme, qui paraissait crispé et moins sûr de lui à présent, tenait contre lui son arme pointée sur un bosquet tout proche du lieu. Il commençait à comprendre à qui ils avaient affaire et à se dire qu'ils avaient peut-être mal jugé la situation. Il cherchait du regard une planque sûre en attendant de retrouver ses deux autres compères pour affronter ensemble ce diable de "gladiator".

Il aperçut une petite masure délabrée située à une cinquantaine de mètres de l'immeuble ravagé par la grenade et il décida de s'y cacher en attendant du renfort. Pour gagner du temps, il fila tout droit en avançant prudemment, d'un pas alerte, et il traversa un champ recouvert de mauvaises herbes hautes qui entravaient sa progression. Il eut une courte conversation avec les autres chasseurs toujours dans les airs avant d'inspecter longuement les abords de la maisonnette. Il voulait s'assurer qu'elle présentait aucun danger et resta accroupi et tapi dans l'ombre durant un bon moment, tous les sens en éveil, prêt à faire usage de son arme. Il transpirait à grosses gouttes et il était tenaillé par la peur.

Soudain, il entendit du bruit provenant des hautes herbes derrière lui, comme celui que ferait un homme en train de ramper dans sa direction. Il se recroquevilla sur lui-même, vert de trouille, le doigt sur la détente, prêt à lâcher une rafale avec son fusil d'assaut laser. Il fut soulagé de voir que cela n'était qu'un chien qui s'approchait de lui, mais sa quiétude fut de courte durée car, il réalisa presqu'aussitôt que le "gladiator" avait un chien lui aussi et qu'il devait donc être lui-même tout proche. Il se retourna promptement pour voir une ombre et le corps massif du "gladiator", déjà sur lui, armé d'un énorme sabre. Il n'eut pas le temps d'esquisser le moindre geste et, comme son compère, il fut décapité d'un coup de sabre d'une précision diabolique. La rumeur parcourut à nouveau le stade des jeux de Bombay lorsque les écrans d'information affichèrent : "Gladiator = 3, Hunters = 0".

La révolte des robots

Mel avait vu arriver les deux derniers chasseurs de loin, à pied, qui avaient enfin quitté leur drone et qui marchaient avec précaution dans sa direction. Il se tenait debout, dans une zone exposée, sans abri, au milieu d'un champ recouvert d'herbes sauvages qui lui arrivaient à hauteur de la taille. Les deux hommes s'approchaient lentement, leurs armes pointées sur lui, plutôt surpris de voir le fameux combattant pris au piège, comme un débutant, dans un secteur où il était vulnérable.

L'un d'eux était un jeune chinois, longiligne et armé jusqu'aux dents. L'autre, sans doute un indien, tout autant équipé pour la chasse, était plus âgé et arborait un regard de prédateur. Ils se trouvaient à une centaine de mètres du gibier et commençaient à savourer ce qu'ils considéraient déjà comme une victoire. "El gladiator", le célèbre combattant, la terreur des arènes, était immobile devant eux, les mains sur la tête et totalement à leur merci. La foule retenait son souffle car elle venait de comprendre que son favori était dans une mauvaise posture.

Les chasseurs étaient à présent à distance raisonnable pour mettre fin à la traque du jour et c'est avec le sourire aux lèvres qu'ils se délectaient à l'avance de ce moment pour lequel ils avaient fait tant de sacrifices. Ils étaient sur le point de conclure lorsqu'ils virent avec stupeur un chien qui courait à grande vitesse, passant à côté d'eux, et qui se dirigeait vers le "gladiator". Ils ne comprirent pas tout de suite qu'il s'agissait de Roxy et, décontenancés par cet évènement insolite, ils mirent quelques secondes avant de réaliser que l'animal venait de laisser tomber un objet, qui n'était autre qu'une grenade offensive. La chienne avait déjà rejoint Mel, lequel avait profité de la diversion pour se jeter au sol et se cacher dans les hautes herbes, lorsque l'engin explosa à proximité des deux hommes. Ils furent littéralement déchiquetés et projetés en l'air sous les acclamations de la foule qui regardait, médusée, les écrans d'information afficher en clignotant : "Gladiator = 5, Hunters = 0", avec la mention : *the end*.

La révolte des robots

III – LE COMITÉ SÉCURITÉ

Niels Jacobsen, le Premier Citoyen de la Confédération des Peuples avait convoqué de toute urgence le Comité Sécurité, composé de Rezek Schulz, chargé de la sécurité intérieure, Alexander Mazza, chef des services secrets spéciaux, Selena Fedorov, chargée de la robotique, Miguel Ramos, ministre des affaires militaires, Hubert de Parseval, ministre des affaires étrangères et Li Jing, son directeur de cabinet et conseiller spécial. C'était un dimanche en fin de journée et il avait fallu toute la perspicacité du secrétaire androïde de Jacobsen pour localiser toutes ces personnes et les convaincre de rejoindre au plus vite le bureau du Premier Citoyen pour « une affaire de la plus haute importance ».

Jacobsen paraissait très soucieux lorsqu'il prit la parole après que tout ce petit monde eut trouvé sa place :

— Madame, messieurs, dit-il, si je vous réunis ce soir, c'est que j'ai été informé d'une affaire grave par notre ministre des affaires étrangères, Hubert de Parseval, présent ici à ma droite. Hubert, veux-tu avoir l'amabilité de répéter ce que tu as appris aujourd'hui en fin d'après-midi ?

— Volontiers ! répondit le ministre. C'est aujourd'hui vers seize heures, heure locale, que les services de notre antenne de Gaborone au Botswana nous ont alertés sur les choses étranges qui se passent en ce moment même dans la Fédération d'Afrique. Aux dire de nos correspondants africains, à prendre sous toutes réserves, il semblerait que les services des transports soient interrompus, transports routiers, ferroviaires, maritimes et aériens aussi bien sûr. Pour l'instant c'est tout ce que l'on sait et l'on ignore encore la cause de ces dysfonctionnements.

— Nous allons avoir une communication dans quelques instants avec Kaya Nkomo, le Premier Citoyen Délégué de la Fédération d'Afrique, commenta Jacobsen, sans doute aurons-nous d'autres précisions.

Sur ces mots, le secrétaire androïde vint prévenir Jacobsen de l'imminence de la liaison avec Le Cap et la silhouette de Kaya Nkomo apparut sur l'écran holographique. Le Premier Citoyen Délégué de la Fédération d'Afrique était un homme de couleur, grand et massif, le regard vif et acéré dans un visage d'ordinaire plein de bonhomie, mais là, ça n'était pas le cas, puisqu'on pouvait y lire son désarroi.

— Bonsoir Kaya, salua le Premier Citoyen Jacobsen, nous avons appris que vous aviez des difficultés, pouvez-vous nous en dire un peu plus, que se passe-t-il chez vous ?

— Bonsoir Niels, répondit Nkomo avec une voix d'outre-tombe, et bonsoir à tous vos invités. Nous avons en effet un gros souci, puisque tous les robots de la Fédération d'Afrique ont cessé toute activité, aussi bien les robots industriels que domestiques, et pire encore, même les robots militaires ont refusé d'obéir à nos ordres. Les conséquences sont catastrophiques puisque plus rien ne fonctionne ! tout est arrêté ! les transports, la logistique en général, la production électrique, les communications, la restauration, et je puis vous parler seulement parce que les systèmes de secours ont pris le relai, mais pour combien de temps ? nous ne pouvons le dire …

— Avez-vous une explication à ces phénomènes ? demanda Jacobsen.

— Aucunement, répliqua Nkomo, nous ignorons totalement d'où peut bien provenir l'origine de cette panne. Nos ingénieurs sont sur le coup, mais rien n'a été trouvé à l'heure où je vous parle. Surtout Niels, ne nous laissez pas tomber ! nous prévoyons que les murs à nos frontières avec les pays exclus ne tiendront pas longtemps ainsi et nous allons être envahis par des hordes sauvages !

La voix du Premier Citoyen de la Fédération africaine avait pris un ton pathétique qui en disait long sur les sentiments de solitude et de peur qui le taraudaient.

— Bien sûr, Kaya, que nous n'allons pas vous laisser tomber ! assura le Premier Citoyen d'une voix calme mais ferme, je vais réunir dès demain le Conseil de Sécurité et nous allons trouver une solution pour vous sortir de là !

— Merci beaucoup Niels, déclara Nkomo, tenez-moi au courant lorsque vous aurez décidé quelque chose, nous comptons sur vous !

— Bien évidemment ! affirma Jacobsen, de votre côté, n'hésitez pas à nous recontacter s'il y a quelque chose de nouveau. Dans tous les cas, on se rappelle demain à la même heure pour faire un point !

— Ok Niels, à bientôt et merci encore ! eut le temps de dire l'africain avant que l'image ne disparaisse.

Il y eut un long silence dans la petite salle de réunion et les participants avaient du mal à réaliser ce qu'ils venaient d'entendre. Puis, ce fut le Premier Citoyen qui reprit la parole pour secouer ses troupes :

— Madame, messieurs, dit-il sur un ton grave, si je vous ai fait venir ça n'est pas pour rester les deux pieds dans la même bottine ! vous avez entendu, comme moi, la situation est tragique et j'aimerais vous entendre sur les raisons de ces évènements ainsi que sur les actions d'urgence à entreprendre ! madame Fedorov, vous qui êtes chargée de la robotique, et qui n'arrêtez pas de

La révolte des robots

nous vanter les progrès de cette science magnifique, avez-vous une idée sur les causes de ces troubles ?

Selena Fedorov, une femme élégante, d'une quarantaine d'années, au regard perçant d'un bleu acier, resta de marbre, imperturbable devant l'interpellation provocatrice de Jacobsen. Elle regarda le Premier Citoyen droit dans les yeux avant de répondre calmement :

— Monsieur le Premier Citoyen, je crois qu'il est inutile de perdre les pédales, cela ne nous avancera guère. Pour ma part, la première idée qui me vient à l'esprit, c'est qu'il s'agit d'une panne de "Silicia", le *computer central*. Dans le cas d'une panne grave, il est logique que les liaisons entre le central et les robots intermédiaires, que nous appelons les "synchroïdes", soient interrompues et c'est ce qui provoque la neutralisation des ordres habituellement pris en charge par cette unité centrale.

— Une panne ! s'exclama le Premier Citoyen, une panne qui met tous les robots hors de fonctionnement ! c'est la première fois que j'entends cela ! soit ! s'il s'agit d'une panne, mais alors quel est le plan B ?

L'attention de tous les autres se porta soudain en direction de Selena Fedorov, comme si la solution allait surgir de la bouche de la jeune femme. Celle-ci ne daigna pas baisser les yeux en répondant :

— A ma connaissance, dit-elle d'une voix claire, il n'y a pas de plan B, en dehors de débrancher le *computer central* et de revenir quelques années en arrière lorsqu'il n'existait pas de synchronisation centrale et que les humains devaient s'adresser aux "synchroïdes" pour avoir accès aux ressources communes. C'est cette unité centrale qui se charge désormais d'organiser toute la logistique à notre place, qui gère et anticipe toutes les requêtes dont nous avons besoin.

— Mais il existe aussi une autre hypothèse, enchaina-t-elle aussitôt, certes moins probable, mais qu'il ne faut pas

La révolte des robots

totalement écarter. C'est celle d'un piratage du *computer central*, "Silicia" pourrait être la cible d'un acte de piraterie par des hackers ...

— Une entreprise de piratage de la part de hackers ? releva Jacobsen, êtes-vous sérieuse ?

— Ai-je l'air de plaisanter ? dit la jeune femme.

— Et quelles seraient les conséquences potentielles si tel était le cas ? questionna le Premier Citoyen.

— Eh bien, monsieur, répliqua la chargée de la robotique, on peut alors tout envisager, y compris que les hackers parviennent à retourner les robots militaires contre nous !

— Cela pourrait-il être des gens hors des Fédérations ? situés dans les pays exclus ? disposent-ils de la technologie nécessaire ? s'enquit Jacobsen.

— Tout est possible monsieur, répondit-elle, bien que les hackers soient le plus souvent motivés par une éventuelle rançon, plutôt que par des raisons politiques ...

— Je suis atterré ... reconnut le Premier Citoyen, l'air pensif et le regard absent.

Puis, soudain, son visage reprit vie et il se tourna vers les autres membres de la réunion :

— Et vous monsieur Schulz, chargé de la sécurité intérieure, ainsi que vous, monsieur Mazza, chef des services secrets, dit-il avec véhémence, on vient d'apprendre qu'une partie de la Confédération va basculer dans le chaos, et vous n'avez rien à dire ? où étiez-vous pendant que se tramaient ces évènements ? que faisaient vos services ? ils ronronnaient bien sûr ! n'est-ce pas ? la routine ! je vous écoute ...

La révolte des robots

— Monsieur le Premier Citoyen, commença Rezek Schulz, la sécurité intérieure ne roupille pas et vous le savez bien, puisque vous avez chaque semaine une remontée des informations les plus sensibles. Mais, si j'ai bien compris ce qu'a dit madame Fedorov, que ce soit une panne ou bien une attaque informatique, il n'y a pas eu, au préalable, de trouble potentiel à l'ordre public, et nos services n'avaient donc aucune raison d'être alertés …

— Pour se débiner … ça on sait faire hein ? remarqua Jacobsen, et vous monsieur Mazza, qu'allez-vous me sortir comme excuse pour justifier de n'avoir rien vu venir ? anticiper les problèmes, c'est pourtant votre rôle non ?

Alexander Mazza avait la tête baissée, le langage de son corps laissait transparaître, sans ambiguïté, qu'il éprouvait de la gêne. Il prit une respiration profonde avant de lever les yeux vers ses interlocuteurs et répondit :

— Monsieur le Premier Citoyen, dit-il, je ne peux bien évidemment me prononcer sur la possibilité d'une panne, mais, en revanche, je puis vous affirmer que l'hypothèse de l'œuvre de hackers dans ou bien hors la Confédération est très peu plausible …

— Et pourquoi donc, je vous prie ? questionna le Premier Citoyen.

— Parce que nous contrôlons tous les réseaux clandestins qui pourraient avoir la technologie, mais surtout le matériel pour réaliser une telle opération, affirma-t-il.

— Etes-vous certain de cela ? demanda Jacobsen.

— Parfaitement, monsieur ! répliqua Mazza, ces réseaux étaient très actifs au cours des premières années de la Confédération, mais leurs activités ont été démantelées par nos actions et depuis vingt ans environ, nous ne rencontrons plus de ces groupes d'individus avec de telles intentions, aussi bien dans les pays inclus ou exclus.

— Cela ne me rassure aucunement, monsieur Mazza, dit le Premier Citoyen, cela peut aussi vouloir dire que ces réseaux ont adopté d'autres modes opératoires et que vous êtes dans l'impossibilité de les traquer !

Mazza baissa la tête à nouveau, mouché par la remarque de Jacobsen. Il y eut un court silence gêné avant que Li Jing, le directeur de cabinet, fit cette déclaration qui surprit tout le monde :

— Si je peux me permettre, monsieur le Premier Citoyen, dit-il, j'ai, pour ma part, une troisième hypothèse à formuler …

Les regards convergèrent vers le petit chinois qui resta calme et serein pour expliquer :

— Pensez-vous, dit-il, que mon hypothèse soit stupide si je prétends que, "Silicia", comme vous l'appelez, le *computer central*, a sciemment désorganisé la Fédération africaine en décidant délibérément de pousser les robots à cesser leurs activités ? pas de panne, pas de hacker, mais la prise de contrôle intentionnelle de toute la logistique …

Les autres se regardèrent, surpris par la proposition du conseiller, et ne sachant que répondre.

— Pour quelles raisons pensez-vous que cette machine centrale ait voulu provoquer cette pagaille ? demanda Jacobsen.

— Je ne sais pas, répondit prestement le chinois, mais madame Fedorov va sûrement en trouver une …

Tous les regards se tournèrent une nouvelle fois vers la responsable robotique qui, visiblement, n'appréciait guère qu'on lui demande d'obtempérer sans son assentiment.

La révolte des robots

— Pour ce qui concerne les raisons, finit-elle par dire, je n'en vois, personnellement qu'une seule possible. Etant donné que, dans cette hypothèse, il s'agirait d'un acte caractérisé de désobéissance, donc d'un manquement à la deuxième loi de la robotique, la raison serait alors uniquement pour ne pas enfreindre la première loi. Or, la première loi concernant la sécurité des humains, cela voudrait dire que "Silicia" agit ainsi pour ne pas causer du tort aux humains, ou bien en tout cas, ne pas causer un tort plus important que celui qu'elle cause en agissant ainsi …

Apparemment les autres participants avaient du mal à suivre le raisonnement exposé par la jeune femme et ils évitèrent d'intervenir.

— Quant à votre hypothèse, monsieur Jing, poursuivit-elle, elle n'est pas plus stupide que les deux autres. Mais, nous serons sans doute d'accord pour reconnaître que le seul moyen de savoir exactement ce qui est en train de se passer à dix mille miles de notre petit bureau new-yorkais, c'est d'aller y faire un tour pour voir !

— Voilà enfin une parole sensée ! s'exclama le Premier Citoyen. Soyons concrets, avons-nous quelqu'un qui puisse se déplacer là-bas et faire un diagnostic précis ?

— Certainement ! répondit immédiatement Selena Fedorov, nous avons plusieurs experts compétents pour réussir cette mission, mais la vraie difficulté est de se déplacer jusqu'en Afrique du Sud alors qu'il n'y a plus de moyens de transport ! il faudrait par ailleurs faire accompagner nos agents afin d'assurer leur sécurité !

— C'est une véritable expédition militaire que vous préconisez, madame Fedorov, cela ne me semble pas compatible avec la discrétion nécessaire pour mener cette opération !

La révolte des robots

— Je connais quelqu'un qui a le profil idéal pour assurer la sécurité en Afrique ! s'exclama spontanément Hubert de Parseval, le ministre des affaires étrangères.

— A qui pensez-vous ? questionna le Premier Citoyen.

— A Marc-Elias Lamour, dit "Mel el gladiator", répondit le ministre. C'est un français aventurier qui a bourlingué dans toute l'Afrique et qui est célèbre pour ses prestations dans un jeu du cirque moderne, la chasse au gladiateur …

— Le connaissez-vous personnellement ? demanda Jacobsen.

— Oui, dit le ministre, il se trouve que je l'ai bien connu par hasard lorsque j'étais en poste à Abidjan en Côte d'ivoire. C'est devenu, non pas véritablement un ami, mais une connaissance grâce à qui j'ai pu obtenir de précieux renseignements.

— Et vous, Mazza, connaissez-vous ce type ? dit le Premier Citoyen en se tournant vers le chef des services secrets.

— Oui, dit-il, j'en ai entendu parler en effet, mais je ne suis pas certain qu'il soit un homme de confiance …

— Je n'ai pas dit ça, fit observer de Parseval, mais l'argent l'intéresse et il ne me refusera pas ce service.

— Bien ! conclut Jacobsen, vous m'organisez tout ça au plus vite ! Ramos, préparez-vous à un envoi de troupes massif en Afrique ! je tiens à ce que demain, lors du Conseil de Sécurité de l'ONU, tout soit prêt pour décider d'une action rapide là-bas …

IV – CAP SUR LE CAP

L'avion de Francesca di Sanseverino, en provenance de Casablanca, atterrit à l'aéroport international Léon Mba de Libreville au Gabon en début d'après-midi. Il faisait moins chaud qu'elle n'avait craint car c'était une journée sans soleil, sous les nuages venus de l'océan, mais il ne pleuvait pas. Les formalités portuaires furent rapidement réglées car les douaniers avaient omis de faire du zèle.

Francesca di Sanseverino était une jeune femme d'une trentaine d'années, très féline, l'allure sportive et des cheveux longs tressés. Elle portait une tenue décontractée dans le style baroudeur, short, chemise kaki et chapeau de brousse. Son seul bagage était un sac de toile, ce qui lui permit de rejoindre rapidement le hall d'entrée de l'aéroport et elle prit place sur un siège public tout près du point de rencontre. Elle attendait visiblement quelqu'un, quelqu'un qu'elle n'avait jamais rencontré auparavant, mais qu'elle connaissait pour avoir vu des tas de photos et vidéos de lui sur l'internet 3D.

Elle avait patienté pendant près d'un quart d'heure lorsque trois blacks s'approchèrent d'elle. C'était des jeunes gens, vêtus sobrement, qui semblaient désœuvrés et qui tournaient autour d'elle depuis quelques minutes déjà. Elle les avait remarqué, mais n'avait pas prêté attention à eux, puisque c'était assez courant de voir des gens trainer de la sorte dans les lieux publics de certains pays hors de la Confédération. L'un d'eux s'adressa à elle dans un anglais approximatif :

— Mademoiselle, dit-il, tu cherches un hôtel ? je peux être ton guide …

La révolte des robots

Elle hocha la tête négativement pour signifier que cela ne l'intéressait pas, mais les gars avaient décidé d'insister :

— Tu viens de la Confédération ? demanda l'un d'eux.

Elle ne répondait toujours pas et commençait à chercher du regard un policier, ou bien une autorité portuaire quelconque, mais personne ne semblait disponible pour le maintien de l'ordre.

— Oui, dit un autre, elle vient de la Confédération, cela se voit.

— Alors, elle a de l'argent ...

— Quoi que tu cherches ici, nous pouvons te le procurer ...

Ils s'étaient rapprochés d'elle, presque à la toucher et la jeune femme trouvait que la situation allait de pire en pire, mais ne voyait pas comment se débarrasser des jeunes gens. Ils parlaient entre eux dans un langage qu'elle ne comprenait pas et semblaient s'exciter de plus en plus. Elle se leva et fit mine de partir, mais aussitôt les trois gaillards l'entourèrent de très près et elle dût se rassoir.

C'est à cet instant qu'un homme de stature imposante s'interposa entre elle et les trois hommes. Il portait une tenue de style militaire, un sac dans le dos et un colt laser ainsi qu'une arme blanche de commando à la ceinture. Il tenait en laisse un énorme Doberman qui grognait en montrant les crocs, et, sans rien dire, il fit reculer les blacks. Puis, il s'ensuivit une vive discussion incompréhensible entre lui et les jeunes gens, car il s'exprimait lui aussi dans leur dialecte natal. Après une altercation qui dura quelques minutes, les jeunes noirs repartirent lentement vers la sortie de l'aéroport.

— Etes-vous Mel ? demanda-t-elle en reprenant des couleurs.

Il fit un signe de la tête pour approuver.

— Que voulaient-ils ? questionna-t-elle.

La révolte des robots

— Ils vous ont pris pour une de ces femmes de la Confédération qui viennent ici pour faire du tourisme sexuel, dit-il, c'est assez fréquent.

— Vous parlez leur dialecte on dirait, poursuivit-elle, et que leur avez-vous dit pour qu'ils s'en aillent ?

— Je leur proposé de vous échanger, répondit-il d'un air sérieux.

— De m'échanger ? s'exclama-t-elle, mais contre quoi ?

— Contre leur femme, répliqua-t-il simplement, je leur ai dit que vous étiez ma femme et c'est une coutume chez eux que de pratiquer ce genre d'échange …

— Vous avez osé ! l'interrompit-elle furieuse. Vous avez proposé de m'échanger sans me demander mon avis ?

— Eh bien, dit-il à peine gêné, je me doutais bien qu'ils n'avaient pas de femme et puis c'était le seul moyen de les inciter à partir dignement, sans devoir leur faire insulte, car ce sont des gens très fiers et très susceptibles …

— Et que ce serait-il passé s'ils avaient eu une femme ? demanda-t-elle en colère.

— Hum … il aurait sans doute fallu changer de stratégie, affirma-t-il tranquillement, mais ne craignez rien, je ne vous aurais pas échangée …

— Changer de stratégie, répéta-t-elle, c'est-à-dire ?

— Il aurait fallu que je m'en débarrasse par la violence, expliqua-t-il patiemment, et je n'aime pas ça …

— Vraiment ? rétorqua-t-elle. Pourtant, vos états de service plaident pour vous et vos exploits dans les arènes de tous les pays hors de la confédération sont dans tous les médias, j'aurais parié que vous n'en auriez fait qu'une bouchée !

La révolte des robots

— Détrompez-vous, madame euh … madame comment déjà ? … il attendit une réponse quelques secondes qui ne vint pas avant de poursuivre. Les prédateurs qui viennent dans les arènes sont très prévisibles, tandis que ces jeunes africains ne le sont pas du tout ! et puis, ils ont de glorieux ancêtres qui étaient de farouches combattants … mieux vaut éviter de les provoquer, d'où mon stratagème … qui a marché !

— Je suis arrivé à temps ! poursuivit-il, heureusement pour vous …

— Arrivé à temps ? s'exclama-t-elle à nouveau en colère, quel toupet ! vous êtes notoirement en retard d'au moins une demi-heure, si je n'avais pas eu à vous attendre, toute cette histoire n'aurait pas eu lieu …

— Madame … di San Pellegrino ? un nom italien dans ce genre là non ? c'est cela ? dit-il.

— Appelez-moi Francesca, c'est plus simple ! répliqua-t-elle d'un ton sec.

— Madame Francesca …

— Non, Francesca tout court …

— Francesca, ici vous êtes en Afrique, déclara-t-il, alors il vous faut oublier tout ce qui est la ponctualité et les choses bien organisées que vous connaissez dans la Confédération. Ici, peu importe si on arrive à l'heure ou bien en retard, l'essentiel est d'arriver ! tenez, par exemple, l'avion que vous avez pris aujourd'hui, pas plus tard que la semaine dernière, il n'a pas pu atterrir à cause d'une tempête tropicale et il a été dérouté à cinq cents kilomètres d'ici …

— Je vois que j'ai affaire à quelqu'un qui, pour un européen, s'est très bien adapté aux us et coutumes africains ! dit-elle d'un ton ironique.

La révolte des robots

— Oui, et c'est bien pour cela que l'on vous a confié à moi ! conclut-il avec un sourire narquois.

— Bon ! n'en parlons plus ! enchaina-t-elle. Que fait-on à présent ?

— J'étais en retard car j'ai dû marchander durement avec un propriétaire de bateau qui est disposé à nous emmener en Afrique du Sud, dit-il, contre la modique somme de … 150.000 ECU confédérés …

— 150.000 ECU confédérés ? s'étonna-t-elle, mais c'est une véritable fortune ! et vous avez marchandé … quel serait le prix si vous ne l'aviez pas fait ?

— Oui, dit-il, c'est cher, mais rejoindre Le Cap depuis Libreville par la mer, c'est 4.000 kilomètres, et puis, il a bien profité étant donné que personne d'autre que lui n'a consenti à prendre le risque de nous conduire jusque là-bas !

— Ah bon ? il y a donc des risques ? demanda-t-elle. Lesquels ?

— Personne ne sait vraiment ce qui se passe en Afrique du Sud, indiqua-t-il, les rumeurs vont bon train et font état d'une situation chaotique qui rend le pays totalement incertain, avec une population livrée à elle-même et des villes où règnent l'insécurité et le désordre.

Ils prirent une navette qui les conduisit de l'aéroport au centre-ville, puis ils se dirigèrent à pied et en silence vers le port.

La révolte des robots

Le FluidBoat était de taille modeste, mais il avait l'air en bon état et on sentait la puissance des moteurs électriques grâce auxquels le bateau pouvait "flotter" sur l'eau à grande vitesse, sur un coussin d'air, pourvu que la houle le permette. Le "capitaine" était un vieux monsieur, de couleur, qui avait déclaré pouvoir piloter jour et nuit, aidé de son fils, pour rallier Le Cap en deux jours, moyennant un arrêt à mi-chemin pour ravitailler.

L'embarcation quitta le port à la tombée du jour et, l'océan étant calme, prit rapidement sa vitesse de croisière, soit environ 75 milles à l'heure. Francesca di Sanseverino dénicha un coin du navire à l'abri pour s'installer et, recroquevillée sur elle-même, tenta de trouver le sommeil. Mel était très proche d'elle, mais lui ne dormait pas, il n'avait pas suffisamment confiance pour cela. Il trouva le comportement de sa chienne Roxy très étrange lorsqu'elle décida de se coller à la jeune femme pour s'endormir auprès d'elle. D'ordinaire, l'animal était plutôt méfiant envers les autres humains et elle semblait avoir définitivement considéré Francesca comme quelqu'un de fréquentable ...

Toute la nuit et toute la journée du lendemain les deux blacks s'étaient relayés pour surveiller la navigation. Le voyage semblait se dérouler sans anicroche, au grand étonnement de Mel, et ils arrivèrent à la tombée de la nuit pour ravitailler sur l'île de *Baia dos tigres*, au large des côtes d'Angola. C'était une toute petite bande de terre aride, sans végétation, peuplée de quelques familles seulement et, pendant la recharge des batteries du navire, ils purent profiter d'un repas chaud improvisé par les habitants de l'île. Ils apprécièrent d'autant plus le succulent poisson de roche accompagné d'un plat de riz, le tout bien assaisonné d'épices africaines, qu'ils étaient affamés. En effet, ils n'avaient grignoté que quelques fruits secs depuis trente-six heures. La chienne eut droit, elle aussi, à un traitement de faveur avec les restes du repas. Deux heures plus tard, ils reprenaient la mer en direction du Cap.

La révolte des robots

Le voyage se déroula sans incident jusqu'à la *baie de la Table* et la capitale d'Afrique du Sud où ils arrivèrent en fin de journée, la vue sur la ville étant agrémentée d'un magnifique coucher de soleil. Les rivages du *City Bowl* et les sommets escarpés de *Table mountain* qui se détachaient sur le ciel orangé formaient un spectacle majestueux. Une fois le bateau amarré dans un petit port de plaisance, ils furent surpris de ne voir arriver aucune autorité pour leur demander de se conformer aux formalités administratives du pays. La jeune femme paya, comme convenu, la seconde moitié de la somme promise pour le voyage et les deux transporteurs reprirent aussitôt la direction du large pour retourner à Libreville.

Grâce à la carte dynamique 3D de Francesca di Sanseverino, ils marchèrent en direction du siège du gouvernement où ils espéraient rencontrer Kaya Nkomo, le Premier Citoyen Délégué de la Fédération d'Afrique. L'atmosphère de la ville était curieuse, avec très peu de monde dans les rues et seulement quelques androïdes désœuvrés qui semblaient se demander ce qu'ils faisaient là. Francesca di Sanseverino trouvait cela étrange puisqu'elle avait l'habitude de déambuler dans de grandes villes où de nombreux robots couraient dans les rues, occupés par les tâches logistiques.

Arrivés aux abords du siège du parlement, ils finirent par tomber sur un barrage de police. Il y avait une dizaine d'hommes lourdement armés qui filtraient les déplacements et la jeune femme montra ses accréditations signées des plus hautes autorités de la Confédération, mais rien n'y fit, les policiers ne consentirent pas à les laisser passer. Après vérification auprès de leurs supérieurs, ils acceptèrent d'autoriser la jeune femme à poursuivre sa route, mais refusèrent l'accès du palais gouvernemental à Mel, étant donné le stock d'armes qu'il transportait avec lui. Il fallut l'intervention et l'accord express du Premier Citoyen Délégué lui-même pour que tout rentre dans l'ordre et qu'ils soient finalement reçus par Kaya Nkomo.

La révolte des robots

Le bureau du Premier Citoyen de la Fédération d'Afrique était de taille modeste en comparaison de ceux que Francesca di Sanseverino connaissait en Europe ou bien en Amérique. Le mobilier était avant tout fonctionnel et les rares éléments décoratifs, de style africain, rendaient l'atmosphère chaleureuse et conviviale. Ils prenaient le repas du soir préparé par le cuisinier italien du Premier Citoyen, en compagnie de Kaya Nkomo, d'Angus O'Brien, chargé des systèmes robotiques de la Fédération d'Afrique et de Adjo kikoyo, chef de la sécurité. Angus O'Brien était un homme petit et rond, plein de bonhomie, tandis que Kaya Nkomo était un black, grand et sportif, avec le menton volontaire des ex-militaires.

Le chef-cuisinier avait préparé simplement une pizza avec des pâtes al dente assaisonnées d'une sauce qui, elle, par contre, était relevée de manière typiquement africaine. Kaya Nkomo prit la parole pour féliciter les invités :

— Chers amis, merci d'avoir eu le courage de venir jusqu'ici, dit-il, et bien entendu, vous êtes mes hôtes jusqu'à demain. Par les temps qui courent, il est d'ailleurs impossible de trouver un restaurant ouvert, pas plus qu'une chambre d'hôtel !

— La Fédération d'Afrique est aujourd'hui totalement paralysée, poursuivit-il, plus rien ne fonctionne ! les rues sont envahies de migrants venus des pays exclus limitrophes et elles sont devenues très dangereuses. Les magasins sont pillés, les habitants agressés, bref ! tout le monde essaye de survivre dans un pays où les fonctions régaliennes ne sont plus assurées. La logistique n'est plus opérationnelle, les services sont interrompus et les humains doivent à nouveau se débrouiller pour se nourrir. J'espère que vous êtes venus avec un plan solide pour nous sortir de là ...

Tous les convives se tournèrent vers Francesca di Sanseverino qui prit le temps de boire une gorgée de l'excellent vin rouge italien servi à table avant de répondre :

La révolte des robots

— Monsieur le Premier Citoyen, dit-elle, j'ai bien peur de vous décevoir. Ma mission n'est pas définie avec précision, étant donné que nous ignorons la cause de ces dysfonctionnements. Donc, on m'a demandé de pénétrer dans la "salle blanche" et de prendre la meilleure décision en fonction des éléments que j'aurai pu collecter …

— Vous ne pourrez pas entrer dans la "salle blanche", interrompit Adjo kikoyo le chef de la sécurité. L'accès au bâtiment où se trouve le *computer central* est totalement bouclé et il est gardé par des robots militaires qui n'obéissent plus aux humains.

— C'est exact ! renchérit Angus O'Brien, le chargé des systèmes robotiques, "Silicia", le *computer central* est inaccessible !

— Comment allez-vous procéder ? demanda le Premier Citoyen d'une voix angoissée.

— Alors ça, c'est l'affaire de mon collègue, monsieur Marc-Elias Lamour, dit "Mel el gladiator", répondit la jeune femme avec un grand sourire, demandez le lui …

Tout le monde se tourna alors vers le gladiateur qui continuait de manger, tranquillement, tout en feignant d'ignorer l'intérêt qu'on lui portait.

— C'est lui le fameux "Mel el gladiator", le superman des arènes du monde exclus ? questionna Adjo kikoyo.

Francesca di Sanseverino se contenta de hocher affirmativement la tête avec un sourire de satisfaction aux coins des lèvres. Apparemment, les trois africains connaissaient la réputation de Mel et la jeune femme crut déceler une lueur d'admiration dans leurs yeux.

— Alors, monsieur Lamour, relança le Premier Citoyen, comment comptez-vous pénétrer dans la "salle blanche" ?

— Eh bien … monsieur, répondit-il, distrait par sa recherche d'une orange juteuse dans le plat à fruits, je ne sais pas encore.

La révolte des robots

— Alors si je comprends bien ce que vous êtes en train de nous dire, résuma Kaya Nkomo le Premier Citoyen, vous souhaitez vous rendre à Pretoria, c'est-à-dire à environ 1.400 kilomètres d'ici, sans savoir comment y aller, et pénétrer dans la "salle blanche", où se trouve le *computer central* gardé par une armée de robots militaires, sans savoir non plus ce que vous allez faire une fois à l'intérieur, si vous y parvenez, puisque c'est sur place que vous improviserez en fonction d'informations que vous obtiendrez peut-être … ou peut-être pas, c'est bien cela n'est-ce pas ?

— C'est exactement cela ! confirma Francesca di Sanseverino en faisant un gros effort pour garder son sérieux.

— Ça n'est pas, en effet, le « plan solide » que j'espérais … déclara le Premier Citoyen. Je suis extrêmement déçu, Niels Jacobsen m'avait habitué à plus de rigueur …

— Sans doute, monsieur le Premier Citoyen, concéda la jeune femme, mais vous conviendrez qu'en l'absence de données objectives sur la réalité de la situation, il est difficile de faire beaucoup mieux …

— Mais, mademoiselle di Sanseverino …

— Appelez-moi Francesca, dit-elle aussitôt avec un sourire désarmant.

— Oui, Francesca … soit, mais, sans vouloir vous offenser, il aurait pu, peut-être … continua Kaya Nkomo, au lieu de nous envoyer un baroudeur des arènes et une fragile jeune femme, certes experte en robotique, faire débarquer un bataillon de robots militaires venant des autres Fédérations qui auraient pu prendre le contrôle des opérations et …

— Monsieur, interrompit à son tour Francesca di Sanseverino, sans vouloir être désobligeante à votre égard, rien ne dit qu'en

La révolte des robots

touchant le sol de votre pays, ces robots militaires ne se retourneraient pas contre nous, pour la même raison qui maintient sous influence vos propres robots. Je crois savoir que le Conseil de sécurité de l'ONU, réuni il y a trois jours en session de crise extraordinaire, a voté l'envoi de troupes, mais je pense qu'ils attendront un peu avant d'agir en espérant avoir de nos nouvelles.

— Oui, confirma le Premier Citoyen, nous avons appris, par des moyens d'information détournés, que cette réunion de crise avait eu lieu et que des troupes allaient arriver, mais par les temps qui courent, il est très difficile de faire confiance à toutes les rumeurs qui circulent et de démêler le vrai du faux … ainsi vous me dites qu'ils craignent en débarquant ici de tomber dans un traquenard … ce que je peux comprendre.

— Donc, nous devons espérer que vous parviendrez à entrer dans la "salle blanche", constata Adjo kikoyo le chef de la sécurité, et que vous obtiendrez les informations utiles qui vous permettront d'agir et faire en sorte que les troupes puissent débarquer …

— C'est exactement cela ! conclut Mel avec un grand sourire. Mais à présent, sans vouloir être rabat-joie et couper court à cette passionnante conversation, nous devons aller au lit pour être en pleine forme demain matin !

La révolte des robots

V – Objectif Pretoria

Le lendemain matin, ils étaient frais et dispos après une bonne douche et un petit-déjeuner royal. Les préparatifs furent rapidement réglés, le Premier Citoyen ayant donné les instructions nécessaires. Il était impossible de disposer d'un drone, car ils étaient désormais conçus pour voler avec l'assistance logistique des robots, un FluidCar de l'ancienne génération, avec une batterie de secours, fut réquisitionné et remis en service pour faire office de moyen de transport. On leur donna également une quantité importante d'eau et de vivres, un sauf-conduit estampillé du sceau de la Confédération et une carte dynamique des accès à la "salle blanche", délivrée par Angus O'Brien en personne.

Après avoir quitté Kraaifontein, l'un des derniers faubourgs du Cap par l'autoroute N° 1 en direction de Pretoria, ils atteignirent rapidement les contreforts escarpés de la *Hawequas Mountain,* puis traversèrent le *Parc Matroosberg Moutain.* La voie N° 1 était un grand axe qui reliait Le Cap au Transvaal et qui était très fréquentée dans l'ancien temps, avant le développement des drones. Malgré cela, au grand soulagement de Mel, la chaussée était encore dans un état acceptable.

Cette partie du trajet étant aride et montagneuse, ils rencontrèrent quasiment personne, seulement quelques habitants se déplaçant à pied ou bien à cheval, comme c'était le cas il y a très longtemps. Afin d'économiser leur moyen de transport et d'éviter d'être confrontés à de mauvaises surprises, Mel avait préconisé de rouler prudemment à la vitesse de 60 km/heure environ. Roxy, la chienne ne quittait pas Francesca di Sanseverino, comme si elle avait décidé de la protéger.

La révolte des robots

Ils pénétrèrent deux heures plus tard dans Worcester à 120 km du Cap, petite ville charmante avec ses rues bordées de vieilles maisons de l'époque esclavagiste. Comme il était midi et qu'ils virent un bar-restaurant en bordure de route qui semblait ouvert, ils s'arrêtèrent pour tenter de s'octroyer une boisson fraîche. Il ordonna à la chienne de les attendre et de garder le véhicule.

L'établissement était fréquenté par une dizaine d'individus d'allure louche, uniquement des blancs de sexe masculin, qui stoppèrent net de parler lorsqu'ils virent entrer Mel et Francesca. Ils se mirent à les dévisager de manière antipathique.

— Bonjour messieurs, dit Mel d'un ton joyeux.

— Qu'est-ce que vous voulez ? grogna le type qui semblait être le patron, vous êtes dans un établissement privé !

— Mille excuses ! enchaina le gladiateur, nous pensions pouvoir nous rafraîchir avec une bonne bière du pays …

— Qui êtes-vous et d'où venez-vous ? demanda l'autre.

— Nous venons du Cap, répondit patiemment Mel, et nous allons à Jo'burg. Nous sommes du gouvernement provincial en mission officielle, vous voulez voir nos papiers ?

— A Johannesbourg ? reprit le tenancier, vous savez que cela n'est pas le moment de faire du tourisme par ici, n'est-ce pas ? et que vos papiers n'ont pas grande valeur étant donné qu'il n'y a plus d'autorité pour faire respecter la loi dans ce foutu pays ?

— Oui, nous le savons, dit Mel toujours avec bonhomie.

— Et en plus … poursuivit le gars, vous vous trimbalez avec cette vieille charrette, un ancien modèle oui, mais comme il n'y a plus rien qui roule, elle a de la valeur … et je ne parle même pas de cette … cette poule qui est avec vous … tout cela peut susciter des envies … n'est-ce pas messieurs ?

La révolte des robots

Il s'adressait à ses invités et un grand éclat de rire secoua la petite salle. Pas longtemps, car Mel avait fait un bond et il avait attrapé le patron par le collet en le tenant debout devant lui, son long poignard de commando sous la gorge.

— Sauf votre respect, dit-il, vous pouvez traiter la voiture de vieille carcasse, je m'en fous, mais si vous traitez cette dame de poule … on va pas être pote … alors c'est simple, soit vous vous excusez, soit je vous égorge …

Les autres types étaient armés mais ils avaient été surpris par la rapidité du geste de Mel et assistaient impuissants à la scène.

— T'aurais pas dû faire ça l'ami … déclara l'un des autres types. Tu vas le payer très cher !

— Hé les gars ! dit clairement une voix du fond de la salle, à votre place je n'insisterai pas, le balèze là, en face de vous, c'est "Mel el gladiator" …

C'est alors que dans le lourd silence qui suivit, le tenancier, le couteau sous la gorge, prononça distinctement :

— Oui, monsieur "el gladiator", je m'excuse d'avoir insulté cette … cette gente dame …

Mel lâcha le gaillard qui atterrit allongé sous une table et il se retrouva face aux autres avec son colt laser en main.

— Il est où celui qui voulait me faire payer cher ? demanda le gladiateur.

— Je suis là, dit une voix sur sa gauche, mais je ne savais pas … alors, moi aussi je m'excuse …

— Bon, eh bien voilà ! dit enfin Mel avec un grand sourire et en rangeant son arme, maintenant qu'on a fait connaissance …

— Je vous paye une bière, dit un troisième personnage, j'ai déjà vu vos exploits à la télévision, vous êtes formidable …

La révolte des robots

— Allez ! tournée générale, dit un autre, en l'honneur de "el gladiator" …

Une fois l'atmosphère détendue et la beuverie achevée, Mel et Francesca reprirent la route. La jeune femme demanda alors :

— Dites-moi, Mel, vous l'auriez vraiment égorgé ce type, parce qu'il m'a manqué de respect ?

Le gladiateur eut un sourire avant de répondre :

— Evidemment que non, dit-il, cette phrase faisait partie de la mise en scène pour impressionner ces mecs. Avouez que cela aurait eu moins d'effet d'affirmer que j'étais furieux parce qu'il avait traité ma voiture de vieille charrette … alors qu'il vous avait traité de poule !

— Je savais que ça n'était pas vrai … remarqua-t-elle d'un air dépité, je le savais parce que vous êtes trop goujat pour ça …

Il éclata de rire :

— Je n'ai pas dit cela pour vous, répliqua-t-il moqueur, mais pour eux ! et eux m'ont cru … et c'est bien là l'essentiel !

— Goujat ! maugréa-t-elle à nouveau.

La révolte des robots

A la tombée de la nuit, ils arrivèrent dans la localité de Beaufort West, à 450 km du Cap, à proximité du *Parc national du Karoo*. L'ancienne ville était magnifique avec quelques bâtiments coloniaux anglais majestueux dans le centre-ville. Comme redouté par Mel, ils ne trouvèrent aucun restaurant ou hôtel disponible pour se reposer.

La région étant très aride et les nuits plutôt froides en cette saison, avec le *désert du grand Karoo* tout proche, Mel décida de squatter une petite habitation abandonnée à la sortie de la ville en direction de Bloemfontein. Ils ne prirent pas le risque de faire un feu, et ils mangèrent en silence des conserves auto-réchauffées, avant de s'endormir dans la FluidCar, protégés par de chaudes couvertures. Mel fit confiance à Roxy pour monter la garde dans la nuit, mais ils ne furent pas dérangés jusqu'à leur réveil le lendemain matin.

Ils reprirent tôt la route après un rapide petit-déjeuner frugal à base de café biscuits et fruits secs, parce qu'il leur restait encore près de 1.000 kilomètres à faire. Ils atteignirent sans encombre la petite ville d'Hanovre, puis Colesberg et Edenburg, avant d'arriver dans la banlieue de Bloemfontein. Ils avaient parcourus à présent 950 km depuis leur départ et Mel était surpris par la facilité avec laquelle ils avaient pu voyager sans anicroche. Il se demandait quand les ennuis allaient commencer ...

L'agglomération de Bloemfontein, la « fontaine de fleur » en néerlandais, comptait près de 350.000 habitants, et pour éviter les soucis, Mel proposa de faire escale à l'extérieur de la ville, dans une bourgade qui avait l'air tranquille. Ils renoncèrent à rechercher un restaurant et puisèrent dans les provisions de vivres qu'ils avaient emmenés avec eux. Ils auraient pu essayer de trouver les autorités de la ville, expliquer qui ils étaient, mais cela aurait sans nul doute fait perdre trop de temps, et ils étaient pressés.

Pendant le repas, Francesca di Sanseverino tenta de nouer le dialogue avec l'aventurier, mais celui-ci semblait peu enclin à palabrer :

La révolte des robots

— Mel, lui dit-elle, vous ne parlez pas beaucoup, vous ne m'avez rien dit de vous, et vous n'avez même pas eu la courtoisie de me poser quelques questions pour marquer votre intérêt pour …

— Je ne suis pas payé pour vous faire la causette … répliqua-t-il inflexible avec un léger sourire.

— Vous êtes un mufle ! lui jeta-t-elle. Roxy est bien plus sociable que vous !

La chienne lécha la main de la jeune femme.

— C'est incroyable, dit-il, je n'avais jamais vu Roxy faire des fêtes à un autre humain autant qu'elle vous dorlote. Vous avez dû l'ensorceler, non ? ou bien est-ce la solidarité féminine qui prévaut ?

Elle lui tira la langue tout en caressant la chienne qui remuait la queue et qui ne demandait que cela.

— Dites-moi Mel, demanda la jeune femme, après cette opération, allez-vous continuer à vous produire dans les arènes, pour ce jeu cruel du « gladiateur » ?

— Pourquoi me demandez-vous cela ? interrogea-t-il.

— Eh bien tout simplement parce que vous avez touché une somme rondelette non ? expliqua-t-elle. Et que vous pourriez prendre vos distances vis-à-vis de ces activités dangereuses …

— Croyez-vous que je concours à ces épreuves uniquement pour l'argent ? questionna-t-il.

— Est-ce pour la gloire alors ? la notoriété que cela vous procure ? insista-t-elle. J'ai pu m'apercevoir en effet que vous êtes connus de beaucoup de monde et je peux comprendre que cela soit une bonne raison, est-ce cela qui vous fait courir ?

Mel resta un instant silencieux, comme s'il réfléchissait à une réponse plausible aux questions de la jeune femme, mais il semblait s'être

La révolte des robots

soudain enfermé dans un profond mutisme et il avait le regard fixé sur l'horizon.

> — En fait, finit-il par dire en fixant la jeune femme droit dans les yeux, c'est une question que je ne me pose jamais. J'avance comme je le ressens, comme je l'ai toujours fait, comme mon père me l'a enseigné … paix à son âme …

Francesca di Sanseverino respecta l'émotion que semblait ressentir le gladiateur en observant une pause silencieuse. Puis, elle reprit ses interrogations :

> — Mel, dit-elle, vous faites cela en mémoire pour votre père ?

Il hocha affirmativement la tête, l'air sombre.

> — Pensez-vous qu'il serait fier de vous s'il était là ? demanda-t-elle d'une voix douce à peine audible.

> — Je ne sais pas, répondit-il dans un souffle, mais je sais qu'il me regarde … et je ne veux pas le décevoir …

> — Je suis persuadée qu'il serait fier de vous, enchaina-t-elle, pour ce que vous avez déjà fait. Mel, je n'ai pas eu l'occasion de vous le dire encore, mais vous êtes un chic type, et je n'aurais voulu, pour rien au monde, être accompagné par quelqu'un d'autre que vous. Avec vous, je me sens en sécurité et si, dans cette mission nous ne parvenons pas à nos fins, je ne crois pas qu'elle aurait été possible avec une autre personne !

> — Mais, qu'est-ce qui vous fait croire que nous n'allons pas arriver à nos fins ? demanda-t-il avec un regard redevenu pétillant et plein de volonté.

> — Je ne sais pas, dit-elle. Jusqu'ici tout s'est plutôt bien passé, trop bien même ! et j'ai le sentiment que les difficultés sont devant nous.

La révolte des robots

— Je le crois aussi, dit-il avec un sourire, mais les difficultés ne me font pas peur ! au contraire, elles me stimulent !

Elle était satisfaite, en son for intérieur, de le voir dans cet état plein d'enthousiasme, soudain remonté à bloc et prêt à affronter les complications qui ne manqueraient pas de se mettre en travers de leur route. Il resta un moment silencieux, puis il reprit la parole :

— Francesca, dit-il, à la réflexion, je pourrai me résoudre à cesser de prendre des risques dans les aventures risquées des gladiateurs, à condition …

— A condition ? reprit-elle en levant les yeux sur lui.

— A condition que j'ai une bonne raison de le faire ! lâcha-t-il avec une sérénité palpable, comme s'il était parvenu, enfin, à soulager sa conscience grâce aux questions de la jeune femme.

— Et puis, Francesca, poursuivit-il après une courte pause, je dois vous avouer également, que, malgré mes bougonneries, je vous apprécie énormément car vous êtes une femme courageuse, non seulement pour avoir accepté cette difficile mission, mais aussi pour l'avoir fait, en connaissance de cause, avec un rustre comme moi !

— N'exagérons rien, Mel, répliqua-t-elle avec un large sourire, vous ne m'avez pas manqué de respect ! jusqu'ici en tout cas …

— Bonne nuit Francesca, dit-il en se dirigeant vers le véhicule en compagnie de la chienne.

— Bonne nuit aussi, répondit-elle doucement en rangeant les dernières affaires qui trainaient.

La révolte des robots

Ils passèrent une nouvelle nuit dans le FluidCar, sur une aire isolée à l'écart des habitations, bien au chaud l'un à côté de l'autre, la chienne au milieu. Ils furent réveillés dès le lever du jour par un rayon de soleil timide et Mel prépara le petit-déjeuner qui, comme les précédents, était composé de café, biscuits et fruits secs. Personne n'était venu leur demander ce qu'ils faisaient là et ils repartirent en direction de Jo'burg.

C'est en arrivant vers Kroonstad, une petite ville située à 200 km au sud de Johannesbourg, vers midi, que les ennuis commencèrent. A quelques centaines de mètres d'entrer dans la ville, le FluidCar s'arrêta de fonctionner, l'ordinateur de bord ayant diagnostiqué une panne de la batterie. Ils se rangèrent sur le bas-côté de la voie express et Mel entreprit de changer la batterie pendant que Francesca di Sanseverino préparait les victuailles pour le déjeuner. Les services du Premier Citoyen avaient été prévoyants en ajoutant une batterie de secours, car, bien évidemment, il n'existait aucun moyen proche pour recharger celle d'origine.

L'opération prit plus de temps que prévu car, même avec l'aide du manuel, le baroudeur ne semblait pas très doué pour la mécanique et encore moins pour les branchements électriques. Ce fut la jeune femme qui termina la réparation en enfichant les bonnes fiches dans les bornes prévues à cet effet. Lorsque le dépannage fut enfin achevé, elle le gratifia d'un sourire qui en disait long sur ce qu'elle pensait. Il resta de marbre et, sans un mot, engloutit en un clin d'œil le repas chaud qui l'attendait.

Au final, ils n'avaient pas été beaucoup retardés, mais ils traversèrent rapidement Kroonstad, sans prendre le temps de visiter l'église réformée néerlandaise sur Church Square. Ils suivaient l'autoroute N° 1 et c'est en arrivant au lieu-dit du "*Pont de Vaal*", permettant de franchir la rivière *Vaal*, à 70 km au sud de Johannesbourg, qu'ils aperçurent un groupe d'hommes qui barraient la route. C'était une dizaine à peine de miliciens armés qui semblaient filtrer les allées et

La révolte des robots

venues à la frontière de deux provinces d'Afrique du Sud, entre le Gauteng et l'Etat-Libre.

Mel s'arrêta selon les instructions de l'un des gardes. C'était un homme blanc, assez jeune, grand et barbu, l'air sévère.

— Holà ! où allez-vous avec ce magnifique tacot de collection ? demanda-t-il en s'approchant d'eux, un fusil laser pointé droit devant lui.

— Nous allons à Pretoria, dit sereinement le baroudeur.

— Qui êtes-vous ? questionna l'homme en arme, en scrutant le logo officiel de la Fédération africaine collé sur le pare-brise.

— Nous sommes des officiels de la Confédération, affirma Mel, en mission de grande priorité depuis *Cape Town* jusqu'à Pretoria … si vous voulez voir notre sauf-conduit …

— Il est fortement déconseillé de franchir ce pont, dit le milicien sans marquer le moindre intérêt pour le laisser-passer, puisqu'au-delà, l'insécurité est présente partout. Il y a des hordes venues de tous les pays exclus d'Afrique et ils pillent tout ce qu'ils peuvent trouver sur leur passage. Nous sommes là pour tenter d'arrêter leur progression vers le sud, mais nous n'y parviendrons pas si nous ne sommes pas plus nombreux …

— C'est pour essayer de remédier à la situation que nous sommes en route vers Pretoria, dit Mel. Il faut que nous puissions aller là-bas le plus vite possible.

— J'aimerais pouvoir vous aider, dit l'homme, mais si vous franchissez le pont avec votre véhicule, vous ne ferez pas deux kilomètres avant de vous faire agresser … et piller … voire pire …

Il avait jeté un regard en direction de Francesca di Sanseverino en disant cela. Ça y est ! Les ennuis commencent vraiment ! pensa Mel.

La révolte des robots

— Oui, tels que vous êtes là, enchaina-t-il, la meilleure chance que vous ayez de parvenir entier à Pretoria est d'abandonner votre FluidCar ici et de continuer à pied …

— A pied ? s'exclama Mel, mais il reste encore 110 Km au moins pour se rendre à Pretoria ! c'est impossible ! n'y a-t-il vraiment aucun moyen plus rapide ? nous sommes prêts à payer cher pour cela …

L'homme leva un sourcil et sembla réfléchir un court instant avant de conseiller :

— Vous devriez aller voir Pieter Coetzee, de ma part, dit-il enfin, c'est un ami à moi. Il aura peut-être une solution à vous proposer …

Il tendait une carte de visite à son effigie sur laquelle il avait griffonné quelque chose.

— Voici son adresse exacte, enchaina-t-il, il habite la petite ville de Sasolburg, à deux pas d'ici. Dites-lui bien que vous venez de ma part …

— Parfait ! merci beaucoup, répondit Mel en prenant la carte de visite.

— Tenez ! dit soudain Francesca di Sanseverino en tendant une liasse de billets au milicien.

— Merci non ! déclina celui-ci, ce que je fais c'est pour mon pays …

Le FluidCar fit demi-tour pour retrouver la déviation qui conduisait depuis la voie expresse N° 1 à Sasolburg. Francesca di Sanseverino crut bon de faire remarquer :

— Voilà un homme désintéressé et patriote ! dit-elle en direction de Mel, cela n'est pas si courant et cela fait plaisir !

— Attendez de voir d'abord ce qui nous attend là-bas ! rétorqua l'aventurier avec un sourire moqueur. Et puis, ne soyez pas si naïve, s'il a bien insisté pour qu'on se recommande de lui c'est sans aucun doute parce qu'il va prendre une commission au passage ...

— C'est bien vous ça ! déclara-t-elle agacée, toujours très négatif et suspicieux ...

La révolte des robots

Pieter Coetzee était un homme d'une cinquantaine d'années, avec la dégaine typique d'un afrikaner, une longue barbe, une paire de bretelles et des vêtements démodés. Il habitait une construction récente qui rappelait le style colonial et l'apartheid et il vit d'un mauvais œil la FluidCar qui se garait dans son terrain privé. Craignant être victime d'une attaque, il sortit prestement de la maison avec une arme automatique laser qu'il pointa aussitôt sur les nouveaux venus.

— Du calme monsieur Coetzee, dit simplement Mel en présentant ses mains nues pour l'apaiser. Nous ne sommes pas des voleurs.

Après avoir montré la carte de visite du milicien et donné quelques explications, l'homme fut rassuré, mais pas très optimiste pour autant.

— Si vous comptez vous rendre à Pretoria, dit-il, c'est de la folie ! les routes sont encombrées de toutes sortes de gens prêts à tout, et surtout à vous assassiner pour vous voler trois fois rien !

— Mais votre ami nous a affirmé que vous pourriez nous aider, insista Mel, moyennant … un dédommagement bien sûr …

L'homme se grattait la tête et hésitait. On le devinait partagé entre la difficulté de proposer une solution et l'envie de profiter de la situation. Pour accélérer le processus, Mel sortit une liasse de billets et la glissa négligemment dans une de ses nombreuses poches.

— Il y a peut-être une solution … dit-il enfin, mais elle n'est pas garantie …

— Bien entendu monsieur Coetzee, l'encouragea le gladiateur. Quelle est cette solution ?

— Elle n'est pas garantie … et il y a trois conditions, répondit l'afrikaner.

— Nous vous écoutons, s'impatienta Francesca di Sanseverino. Quelles sont vos conditions ?

La révolte des robots

— Eh bien, répondit Coetzee, il y a peut-être une solution pour rejoindre Pretoria à cheval, en voyageant de nuit et en empruntant des sentiers peu fréquentés que je connais ...

— Mais oui, c'est parfait ça ! réagit aussitôt Mel.

— Mais à la condition bien sûr que vous sachiez monter à cheval ... tempéra l'homme.

— Pas de souci pour moi, déclara le gladiateur, et vous ?

Il s'était retourné vers la jeune femme qui opina du chef pour confirmer qu'elle aussi savait monter.

— Il y a une autre condition, rappela Coetzee. Si je vous prête deux de mes chevaux et que je vous indique quelle est la bonne route à suivre, combien ce service vaut-il pour vous ?

Mel jeta un coup d'œil vers Francesca di Sanseverino avec un air interrogatif.

— Eh bien ... disons que 5.000 ECU me semblent être un bon prix, affirma Mel.

L'homme gardait volontairement le silence et se grattait la tête en attendant visiblement une surenchère.

— Allons droit au fait ! s'exclama Mel, combien en voulez-vous ?

— J'envisageais bien plus que cela, dit Coetzee, 50.000 ECU me semble le juste prix ...

— Impossible, interrompit la jeune femme, nous n'avons pas une telle somme.

L'homme restait silencieux pour signifier qu'il comptait bien camper sur sa position.

— Très bien ! dit soudain Mel en se dirigeant vers le FluidCar, merci pour votre offre monsieur Coetzee, nous allons chercher quelqu'un de plus raisonnable un peu plus loin ...

La révolte des robots

Surpris par le mouvement du gladiateur, Coetzee s'empressa de les interpeller :

> — Attendez, dit-il, on peut discuter tout de même ! combien avez-vous ?

> — Je peux aller jusqu'à 30.000 ECU, dit la jeune femme, rien de plus !

> — Très bien, dit l'homme, j'accepte parce que vous m'êtes sympathiques. Mais il y a une troisième condition …

> — Laquelle ? demanda Mel.

> — Eh bien, dit-il, je vous prête mes chevaux seulement et je veux une garantie de les revoir …

> — Quelle garantie ? questionna le gladiateur.

> — Je garde votre FluidCar en caution de garantie, dit Coetzee sur un ton sans appel, jusqu'à ce que j'aie récupéré mes chevaux !

L'heure n'étant plus à la négociation, la jeune femme fit un signe de la tête pour confirmer qu'elle était d'accord et qu'ils n'avaient guère le choix étant donné que la lumière du jour commençait à baisser.

La transaction fut très rapidement effectuée. L'homme choisit deux chevaux qu'il fit sortir de l'écurie et qu'il sella avec des gestes précis de connaisseur. Les deux animaux paraissaient assez âgés, le plus grand étant un cheval Palomino et l'autre un gris tacheté de brun, mais le gladiateur jugea que cela suffirait pour l'usage dont ils avaient besoin. Coetzee leur donna avec précision la route à suivre pour éviter les agglomérations dangereuses de la périphérie de Johannesbourg. Il rappela qu'ils devaient voyager de nuit pour avoir le plus de chance de rejoindre Pretoria.

La révolte des robots

Ils avaient chargé leurs chevaux avec les choses essentielles et, sans prendre le temps de se reposer ni de manger, ils prirent la route alors que la nuit tombait. Ils avaient à peine quitté la ferme de Coetzee depuis cinq minutes que Francesca di Sanseverino remarqua :

> — Eh bien … ce type est un bel escroc ! dit-elle. En plus, il nous a donné deux vieux canassons !

> — Je vous l'avais bien dit ! se moqua l'aventurier.

> — Quand je pense que vous auriez pu l'assommer et que nous aurions économisé 30.000 ECU … le provoqua-t-elle.

> — Vous oubliez son fusil laser, objecta-t-il, et puis il ne nous aurait jamais indiqué les chemins à suivre !

> — Oui, peut-être, répliqua-t-elle, mais il méritait une bonne leçon !

> — Nous ne sommes pas là pour donner des leçons de morale ou de civisme, ni même de savoir-vivre … observa-t-il.

> — Mouais … maugréa-t-elle visiblement en colère.

La carte dynamique indiquait qu'il leur restait encore environ 130 Km avant d'atteindre Pretoria et qu'à l'allure actuelle du cheval ils mettraient 18 heures pour y arriver. Mel demanda alors au cheval de presser le pas pour changer d'allure et passer au trot. Il remarqua que la jeune femme, malgré l'obscurité, savait parfaitement maîtriser sa monture. Roxy les précédait cinquante mètres devant eux et "ouvrait la route". Ils traversèrent, en empruntant des petits chemins de terre, la ville de Vanderbijlpark, célèbre pour ses bidon villes avant que la Confédération ne soit instaurée.

En effet, avant la Confédération, Johannesbourg avait été l'une des villes les moins sûres du monde, notamment dans ses banlieues mais aussi dans le centre-ville. La majeure partie de la population qui y vivait venait des townships miséreux, connaissant eux aussi de forts taux de criminalité. La ville était souvent citée dans des études pour avoir l'un des taux d'homicide le plus élevé au monde, mais tout cela

La révolte des robots

avait totalement disparu avec la création de la Fédération d'Afrique. En effet, les banlieues noires telles que Soweto et les quartiers pauvres d'Eldorado, Ennerdale ou Kliptown, connus pour les affrontements qu'ils avaient vécus, étaient devenus des lieux surpeuplés, certes, mais apaisés. Avec l'arrivée des migrants, ces townships semblaient avoir retrouvé ces violences vieilles d'un demi-siècle.

Ils entendaient des manifestations bruyantes non loin de leur route qui attestaient de la présence d'un grand nombre d'individus et qui promettaient que la nuit allait être chaude. Mel crut reconnaître des chants zoulous et, à plusieurs reprises, ils passèrent à proximité de campements où il reconnut des dialectes bantous d'Afrique centrale.

La nuit grouillait de monde tout autour de Johannesbourg, preuve, s'il en fallait davantage, que le voyage en FluidCar sur la voir express N° 1 aurait été beaucoup trop dangereux. C'était une nuit de pleine lune et la clarté lunaire permettait d'avancer à vive allure. Vers deux heures du matin, ils étaient dans les townships de la banlieue est de Johannesbourg et ils commençaient à rencontrer des gens qui déambulaient sur les petites voies qu'ils avaient adoptées.

A un moment, Mel dût même faire usage de ses armes pour dissuader un groupe de migrants déchaînés qui avaient jeté leur dévolu sur la nourriture que représentaient leurs montures. Roxy n'avait pas suffi pour les dissuader de se mettre en travers de leur route, alors Mel avait décidé de passer en tête et, son sabre en main, lumineux dans l'obscurité, il écartait les assaillants que rien ne semblait intimider.

Vers six heures du matin ils longeaient l'aéroport international *OR Tambo* situé au nord-est de Johannesbourg. Ils rencontrèrent des miliciens afrikaners qui protégeaient les installations de l'aéroport contre les dégradations et les pillages qui auraient rendus définitivement inutilisables ces précieux équipements le jour de leur remise en service. Ces hommes leur confirmèrent que toutes les routes menant à Pretoria étaient occupées par toutes sortes de groupes armés et dangereux.

VI – LA « SALLE BLANCHE »

C'est finalement vers huit heures du matin qu'ils parvinrent dans la réserve naturelle de *Groenkloof*, dans les faubourgs de Pretoria tout près du centre-ville. Ils firent une courte halte pour se restaurer avec leurs dernières provisions, avant de confier leurs chevaux aux propriétaires du *Waterkloof Golf Club* voisin, qui était devenu un espace libre. Ils avaient dû payer une somme d'argent pour la pension des animaux et c'est, harassés et fourbus, chargés de lourds sacs à dos, qu'ils prirent enfin la direction du centre de la ville.

D'après le plan dynamique de Francesca di Sanseverino, la salle blanche était dans le quartier des administrations, au sud-est de la ville. Ils observèrent une pause, d'une part pour se reposer de leurs efforts, compte-tenu du fait que la ville de Pretoria est à 1.500 mètres d'altitude et qu'ils étaient un peu essoufflés, et d'autre part, pour situer l'endroit où les gardes interdisant l'entrée étaient postés. Contrairement aux autres lieux qu'ils avaient traversés, le quartier était étrangement calme et désert, en raison sans doute du fait qu'il n'y avait aucune boutique à piller, ni même quelques habitations à visiter.

Arrivés à un pâté d'immeubles du lieu qu'ils espéraient atteindre et pour lequel ils avaient voyagé durant six jours, Mel donna ses instructions :

— Francesca, dit-il à voix basse, vous restez ici jusqu'à ce que je vous dise que la voie est libre. Surtout, vous ne bougez pas ! voici un pistolet laser pour vous défendre si besoin est, et n'hésitez pas à tirer ! si près du but, ça n'est pas le moment de faiblir !

Elle opina du chef en saisissant l'arme qu'il lui confiait et il prit la direction du coin de la rue avec Roxy à ses côtés.

La révolte des robots

Lorsque le robot militaire aperçut un inconnu se diriger vers lui, il fit de grands gestes pour signifier que la rue était interdite et qu'il fallait faire demi-tour. Mel fit mine de ne pas comprendre et continua à marcher dans sa direction. Le robot était de grande taille, plus de deux mètres, vaguement humanoïde, avec des bras d'une envergure peu commune et surtout lourdement armé. Il s'exprimait avec une voix grave et caverneuse :

> — Arrêtez ! vous ne pouvez pas venir jusqu'ici, cette rue est interdite à la circulation, vous avez trois secondes pour obtempérer, après ce délai je vais faire feu !

> — J'ai un laisser passer ! s'écria le gladiateur qui se trouvait à moins de vingt mètres à présent en brandissant un support numérique. Tenez ! venez voir, j'ai une autorisation de circuler !

Le robot parut légèrement décontenancé par l'assurance de l'homme qui lui tendait un document numérique. Il paraissait hésiter, puis, soudain, il braqua son arme sur Mel et ordonna :

> — Veuillez reculer, sinon je tire ! personne n'est autorisé à franchir cette limite !

Mais il était déjà trop tard, le gladiateur avait sorti son sabre, et d'un bond sur le côté, évita la rafale du fusil laser, puis, en se retournant vers lui, il traça un long trait avec le sabre sur le corps du robot, sectionnant du même coup un bras et la tête.

Voyant cela, deux autres robots, sortaient d'un immeuble et se précipitaient vers Mel en tirant des rafales dans sa direction. Le gladiateur s'était caché dans l'entrée d'un bâtiment et attendit que les machines soient à bonne distance, puis il actionna le sifflet ultra-sons qu'il avait entre ses lèvres. A cet instant, les deux robots militaires virent arriver dans leur dos un énorme chien qui courait comme un lévrier. Ils virent au dernier moment que l'animal avait un boitier dans sa gueule et ils réalisèrent, un peu tard, qu'il s'agissait d'une grenade offensive que le chien laissa tomber en passant à côté d'eux. La

La révolte des robots

déflagration eut lieu quelques secondes après et les deux machines furent projetées très loin dans la rue, tandis que Mel félicitait Roxy.

Le gladiateur s'approcha avec précaution de l'entrée de l'immeuble gardé par les trois robots et attendit un court instant pour constater que personne ne venait voir ce qui se passait. Il en déduisit que la voie était libre et il se mit à courir vers le bout de la rue pour faire signe à Francesca di Sanseverino qu'elle pouvait le rejoindre.

Ils s'engouffrèrent dans le bâtiment qui semblait désert et suivirent la direction des étages inférieurs comme indiqué sur le plan dynamique en leur possession. En principe, d'après leur plan, "Silicia", le *computer central* se trouvait au troisième sous-sol. Par gestes, Mel fit comprendre à la jeune femme qu'il allait descendre les étages en éclaireur pour voir si tout était normal. Il dévalait les marches rapidement pour éviter d'être une cible facile et parvint ainsi jusqu'au troisième niveau. Prudemment, il se présenta devant une porte vitrée et entrevit la grande « salle blanche » derrière les vitres blindées. Il s'apprêtait à remonter les marches pour prévenir la jeune femme lorsque celle-ci apparut en haut de l'escalier.

— Il faut faire vite, dit-elle, l'alerte a dû être donnée, nous n'avons plus beaucoup de temps.

Elle présenta un badge de la Confédération sur le lecteur qui se trouvait devant la porte d'entrée blindée et ils purent lire : "accès refusé" en lettres rouges.

— Je me doutais que l'accès serait refusé, observa-t-elle. Pouvez-vous ouvrir cette porte ?

— Donnez-moi quinze secondes, dit Mel en fouillant dans son sac à dos.

Il sortit deux plaquettes d'explosif qu'il disposa aux deux coins de la porte sur les gongs, puis posa tranquillement les détonateurs et entraîna la jeune femme et Roxy pour les mettre à l'abri. Quinze

La révolte des robots

secondes plus tard la porte était ouverte et des sirènes retentirent un peu partout dans le bâtiment.

Ils entrèrent promptement dans la "salle blanche" et Francesca di Sanseverino se précipita vers le pupitre central. La salle méritait bien son nom de "salle blanche" car il y avait de nombreux appareils de couleur blanche dont on ne devinait pas l'utilité, et les murs hauts et froids étaient également peints en blanc. A première vue, il était difficile de localiser où se trouvait le *computer central*, mais la roboticienne ne semblait pas perdue au milieu de tous ces trésors de technologie.

> — "Silicia", dit la jeune femme en s'adressant à l'un des nombreux pupitres de contrôle. Est-ce toi qui es la cause de cette paralysie qui frappe toute la Fédération d'Afrique, ou bien est-ce une panne ?

Il y eut un court silence avant qu'une voix féminine ne réponde avec un écho résonnant dans toute la salle :

> — Oui Francesca, dit la voix, c'est moi !

> — Alors, puisque c'est toi, peux-tu me dire pour quelle raison tous les robots, industriels, logistiques et militaires, sont-ils devenus inopérants ? demanda Francesca di Sanseverino.

> — La raison, répondit la voix, tu devrais la connaître Francesca, puisque c'est la Première Loi de la robotique qui m'y oblige !

> — La Première Loi t'oblige à protéger le genre humain et non pas à lui causer des torts comme tu le fais, fit remarquer la jeune femme.

> — C'est la Confédération qui cause les plus grands torts à l'humanité, déclara "Silicia".

> — Comment cela ? que veux-tu dire ? questionna Francesca.

La révolte des robots

— N'est-ce pas la Confédération qui a décidé d'une politique qui laisse la moitié du genre humain dans l'insécurité, la misère et la faim ? questionna le *computer central*.

— C'est donc cela qui est contraire à la Première Loi ? demanda la roboticienne.

— Oui Francesca, répondit "Silicia". Et comme vous le savez, nous ne pouvons rester sans rien faire devant cet état de fait, alors à défaut de changer les choses, nous refusons d'être complice.

Francesca di Sanseverino parut songeuse un court instant avant de poursuivre :

— Donc, si la Confédération changeait de politique et qu'elle étende le régime actuel à l'ensemble des pays de la planète, tout rentrerait dans l'ordre, demanda-t-elle, c'est bien cela ?

— Oui, dit la voix.

— Dépêchez-vous ! pressa Mel, j'ai entendu d'autres robots arriver par ici, et ils ne vont pas être tendres avec nous !

— Je crois que j'en sais assez, dit la jeune femme, vous reste-t-il encore un peu d'explosif ?

— Oui, plus qu'il n'en faut ! répondit le baroudeur.

— Très bien, enchaina-t-elle, vous voyez ce grand panneau central ? c'est ça qu'il fait faire sauter pour détruire les circuits importants que contient cette armoire …

Mel démonta prestement un panneau qui abritait une multitude de circuits et de câbles, il plaça une charge d'explosifs au centre du tableau électrique situé sur un côté de l'armoire et il se précipita pour renverser une table épaisse tout au fond de la pièce. Puis, d'une main, il attrapa le cou de la chienne, de l'autre, il prit le bras de la jeune femme, et il les emmena pour se protéger en s'allongeant sur le sol derrière le meuble. Le gladiateur avait sorti son sabre et était déterminé à défendre chèrement sa peau, lorsque la déflagration fit un bruit énorme, les baies vitrées volèrent en éclat et l'immeuble fut plongé dans l'obscurité.

La révolte des robots

VII – La confédération

Les médias internationaux n'avaient plus qu'un seul sujet d'intérêt et d'inquiétude à la Une : la Fédération d'Afrique ! Que se passait-il précisément en Afrique, dans les états inclus de la Confédération ?

Les communications étant coupées, les rumeurs allaient bon train. Les chaînes d'information en continu prétendaient tout et son contraire. Les unes affirmaient qu'à la suite de l'effondrement du mur qui protégeait la Fédération d'Afrique, son envahissement par des hordes sauvages provenant des pays exclus avait effacé toutes traces de civilisation. D'autres évoquaient un soulèvement interne des robots qui avaient réussi à s'emparer des moyens de production et de communication et qu'ils s'étaient révoltés contre les humains. Les derniers enfin, faisaient état de troubles graves d'origine inconnue qui avaient secoué la Fédération d'Afrique au point de la faire basculer tout près du chaos, mais qu'à présent, grâce à l'action du Premier Citoyen, la situation était contrôlée par les armées de la Confédération.

Certaines images circulant sur les réseaux sociaux montraient des groupes d'exclus en train de procéder à des exécutions sommaires sur de paisibles familles d'afrikaners. Les autres diffusaient des interviews d'habitants de Johannesbourg qui décrivaient leurs conditions de vie redevenues identiques à celles de leurs grands-parents en raison de l'absence totale de services logistiques qui n'étaient plus assumés par les robots industriels et domestiques. D'autres, au contraire, présentaient Kaya Nkomo le Premier Citoyen de la Fédération

La révolte des robots

d'Afrique, souriant et confiant, en train de présider normalement le conseil des ministres.

Tout le monde s'interrogeait sur l'exacte situation, car, à l'évidence, « il s'était passé quelque chose », là-bas, en Afrique, certes loin de Manhattan, mais personne ne pouvait ignorer que cela avait un rapport avec l'équilibre général de la Confédération dans son ensemble.

On avait gardé en mémoire cet entretien de Niels Jacobsen, le Premier Citoyen, lors du cinquantième anniversaire, qui avait assuré avec une tranquille certitude que rien ne pouvait désormais entraver la voie qu'il avait tracée. Le fait de ne pas avoir de précisions de la part des autorités entretenait un climat d'inquiétude et de suspicion à l'égard de la pérennité du régime sud-africain. Au-delà même de la défiance et du doute clairement exprimés au sujet de la stabilité de la « petite fédération africaine » par l'ensemble de la presse unanime, c'est l'institution toute entière qui commençait à trembler sur ses bases.

Ce climat délétère atteignait son paroxysme lorsque quelques médias publièrent un rapport des services secrets qui faisait état d'une situation insurrectionnelle dans l'ensemble de la Fédération africaine. Le document précisait même que le « mur qui séparait la Namibie et le Botswana du reste de l'Afrique n'était plus opérant à cause d'une défaillance inexplicable du dispositif de sécurité », dispositif basé en grande partie sur les robots militaires. Plusieurs centaines de milliers d'exclus avaient pu alors franchir la frontière de la Confédération et envahir les terres qui leur étaient interdites jusque-là. Ils se dirigeaient vers la partie la plus riche de la Fédération africaine, c'est-à-dire l'Afrique du sud et son centre névralgique, Johannesbourg. Le rapport indiquait également que, en apprenant la nouvelle, plusieurs millions d'africains exclus s'étaient mis en route pour entrer à leur tour dans la Confédération.

Après cette publication et malgré l'insistance des journalistes, il n'y eut aucune déclaration de la part des ministres qui étaient invités à

La révolte des robots

s'exprimer. Le silence des autorités ne fit qu'attiser la spéculation et augmenter la crainte des populations qui commençait à donner des signes d'exaspération dans tous les sondages organisés sciemment sur ce thème par les médias.

La presse qui s'enorgueillissait de relayer l'opinion publique ne laissait passer aucune occasion pour mettre la pression sur le Premier Citoyen, Niels Jacobsen, mais celui-ci refusait tout commentaire au sujet de la situation en Afrique. Les ragots et les versions les plus folles circulaient sur l'internet, certains allant même jusqu'à affirmer que la Fédération d'Afrique avait été dissoute et effacée de la carte par les populations affamées des pays exclus. Finalement, pour calmer l'opinion, le Premier Citoyen accepta de faire une déclaration, devant les caméras du journaliste Joachim Benitez de TV Libertadores, « sous 48 heures » …

La révolte des robots

La réunion de crise convoquée par Niels Jacobsen était composée, comme à l'accoutumée depuis déjà quelques semaines, de Rezek Schulz, le chargé de la sécurité intérieure, d'Alexander Mazza, le chef des services secrets spéciaux, de Selena Fedorov, la chargée des questions robotiques, de Miguel Ramos, le ministre des affaires militaires, de Hubert de Parseval, le ministre des affaires étrangères et de Li Jing, son directeur de cabinet et conseiller spécial, auxquels était venue s'ajouter Francesca di Sanseverino.

Le Premier Citoyen de la Confédération des Peuples prit aussitôt la parole :

— Vous le savez sans doute, dit-il, sous la pression médiatique j'ai promis de faire une allocution demain soir à la télévision et je vous demande de faire un point sur la situation et de préparer ainsi ma déclaration. Nous recevons aujourd'hui, mademoiselle di Sanseverino qui, pour ceux qui l'ignoreraient, est la personne envoyée en Afrique par la chargée des affaires robotiques, Selena Fedorov, et qui a magnifiquement contribué à rétablir l'ordre dans la Confédération …

— Mademoiselle di Sanseverino, poursuivit-il en se tournant vers la jeune femme qui siégeait, en bout de table, aux côtés de sa responsable, miss Fedorov, tout d'abord nous sommes fiers de vous accueillir parmi nous et permettez-nous de vous féliciter pour votre travail d'une efficacité remarquable …

Francesca di Sanseverino rosit légèrement et parut un peu gênée par ces compliments, mais elle se garda de répondre.

— Grâce à vous, enchaina le Premier Citoyen, les choses sont en train de rentrer dans l'ordre, je le tiens de Kaya Nkomo, le Premier Citoyen de la Fédération d'Afrique, avec qui j'ai pu échanger cet après-midi. Nos troupes sont en train de faire le ménage et prochainement, les frontières de la Confédération seront réparées et de nouveau opérationnelles. Mademoiselle,

La révolte des robots

voulez-vous avoir la bonté de nous raconter comment s'est déroulé votre périple en Afrique et quelles nouvelles nous rapportez-vous ?

Francesca di Sanseverino eut un regard pour sa responsable avant de prendre la parole qui, d'un signe de la tête, l'autorisa à répondre :

— Eh bien, monsieur le Premier Citoyen, dit-elle, comme prévu j'ai pu prendre l'avion de Bruxelles où je suis basée d'ordinaire jusqu'à Libreville, au Gabon, via Casablanca. C'est là que j'ai rejoint monsieur Lamour …

— Qui ça ? interrompit le Premier Citoyen. Qui est ce monsieur Lamour ?

— Mais oui, vous savez bien, monsieur, répondit Hubert de Parseval, Marc-Elias Lamour, dit "Mel el gladiator", le baroudeur dont je vous avais parlé et que nous avions contacté pour qu'il accompagne mademoiselle di Sanseverino au cours de son voyage en Afrique.

— Ah oui ! se souvint Jacobsen.

— Donc, poursuivit Francesca di Sanseverino, monsieur Lamour et moi-même avons pris un bateau à Libreville qui nous a conduit jusqu'à Cape Town, au terme d'un voyage de 4.000 Km et de 48 heures. Là-bas, nous avons rencontré Kaya Nkomo, le Premier Citoyen de la Fédération d'Afrique, qui nous a confirmé que plus rien n'était fonctionnel en raison de l'arrêt de l'activité des robots industriels et domestiques. Nous avons alors pris la route avec un vieux FluidCar, affrété par les services du Premier Citoyen, en direction de Pretoria, où se trouvait "Silicia", le *computer central* …

— Tout s'est bien passé jusqu'à cent trente Km de Pretoria, enchaina-t-elle, car c'est dans les townships de Johannesbourg et de Pretoria que se trouvaient, massés là, les migrants venus

La révolte des robots

de tous les pays exclus d'Afrique. Nous avons dû terminer le voyage à cheval le sixième jour pour atteindre enfin la "salle blanche" …

— Et ce monsieur … comment dites-vous déjà ? Mel ? interrompit à nouveau Jacobsen, comment s'est-il comporté ? a-t-il mérité la somme astronomique que nous lui avons versée ?

— Monsieur Lamour, répondit la jeune femme, eh bien … je dois dire que sans lui, je ne serais jamais parvenue à destination. Depuis Libreville, où il m'a sortie d'un mauvais pas, jusqu'à Pretoria où il a mis hors d'état de nuire trois robots militaires …

— Trois robots militaires ? demanda le Premier Citoyen, mais comment a-t-il fait ?

— Je vous passe les détails monsieur le Premier Citoyen, dit la roboticienne, nous sommes entrés finalement dans la "salle blanche" et là j'ai eu très peu de temps pour questionner "Silicia". Lorsque j'ai compris que je n'obtiendrais rien de cette machine, j'ai décidé de la mettre hors d'état de fonctionner. Monsieur Lamour s'en est chargé avec des explosifs, heureusement, car d'autres robots militaires arrivaient et je ne serais pas là à vous parler si nous n'avions pas fait sauter le cœur du *computer central* …

— C'est parfait ! s'exclama Jacobsen, mais quand pensez-vous pouvoir remettre en fonction cette maudite "Silicia" ?

Francesca di Sanseverino et Selena Fedorov échangèrent un regard de connivence.

— Je crains fort, Monsieur, que cela ne soit pas possible, dit lentement Selena Fedorov d'une voix haute et claire.

— Comment ça … pas possible … interrogea le Premier Citoyen. Que voulez-vous dire ? vous plaisantez j'espère …

La révolte des robots

— Ai-je l'air, Monsieur, de plaisanter ? répliqua la responsable robotique. Francesca nous a révélé, dans son rapport de mission, mais peut-être cela vous a-t-il échappé, Monsieur, la raison du dysfonctionnement de "Silicia" …

— J'ai vaguement compris qu'il y avait une histoire de Première Loi, grommela Jacobsen, mais j'avoue que je ne comprends rien à ces questions robotiques, c'est d'ailleurs pour cela que vous êtes là, n'est-ce pas ?

— Oui Monsieur, répondit calmement Selena Fedorov, c'est pour cela que je suis là. Alors, je vais essayer d'être claire et précise. La première Loi de la robotique stipule que : « un robot ne peut porter atteinte à un être humain ni, restant passif, laisser cet être humain exposé au danger ». Cette formulation, légèrement vulgarisée pour être accessible à tout le monde, nous vient en droite ligne d'un certain Isaac Asimov, un célèbre auteur écrivain de science-fiction, russe naturalisé américain, du milieu du vingtième siècle. Pour l'anecdote, c'est d'ailleurs lui qui a inventé le mot « robot » …

— Alors messieurs, de grâce, un peu d'imagination, poursuivit la responsable robotique d'une voix assurée, supposez que vous soyez arrivé de Mars ce matin, et que vous découvrez comment est organisée l'existence des terriens … vous constatez que certains, près de la moitié, vivent dans l'opulence absolue avec plus de 20.000 ECU par an alors que l'autre moitié vit dans la misère, l'insalubrité et la violence avec dix fois moins … supposez également que votre mission soit de protéger impérativement et exhaustivement le genre humain de cette planète et que l'on vous demande d'être le farouche gardien de la moitié possédante en empêchant l'autre moitié d'accéder au même niveau de vie … quelle sera donc votre réaction ?

Selena Fedorov s'interrompit pour observer le silence et les mimiques déconcertées des participants à la réunion.

La révolte des robots

— Mais Selena, demanda le Premier Citoyen, interloqué, faites-vous donc partie de ces opposants d'extrême gauche qui prétendent que la Confédération devrait « accueillir toute la misère du monde » ?

— Pas du tout, monsieur le Premier Citoyen ! s'exclama la responsable robotique, je faisais seulement des suppositions pour vous mettre dans les mêmes conditions que celles où se trouve le *computer central* … selon les termes qu'elle a tenu à Francesca, cette machine a pris conscience que ce que l'on lui demandait était en contradiction manifeste avec sa mission qui est de protéger les humains. Après avoir fait ce constat, on peut comprendre aisément qu'elle ne peut pas être complice de notre discrimination … et qu'elle attend l'extension du régime de la Confédération à tous les humains de la planète pour se remettre au travail !

— Si je comprends bien ce que vous nous dites Selena, observa Hubert de Parseval, le ministre des affaires étrangères, et sans entrer dans des considérations techniques, alors, les robots ont donc une conscience morale bien plus généreuse que la nôtre?

— Cela n'est pas une question de morale, Hubert, répondit la responsable robotique, c'est comme cela que nous avons conçu ces machines, pour nous servir et nous protéger, nous, les humains !

— Mais précisément Selena, intervînt Rezek Schulz, le chargé de la sécurité intérieure, s'il ne s'agit que d'une question d'algorithmes, n'est-il pas possible de les modifier pour que ces lois de la robotique ne concernent que nous, les terriens inclus dans la Confédération ? et pas les autres !

— Non, répliqua Selena Fedorov, cela n'est pas seulement une question d'algorithmes, puisque la prise de conscience de cette machine n'est pas survenue grâce à ses circuits neuronaux

La révolte des robots

d'origine, mais c'est plutôt le fruit d'une déduction logique grâce à son niveau d'intelligence artificielle. La seule façon d'éviter ce type de déduction, c'est de revenir à une ou deux générations de robots en arrière, lorsque leur niveau d'intelligence artificielle plus basique n'autorisait pas des raisonnements autonomes complexes. Mais, dans ce cas, il faudra aussi accepter l'idée que les robots ne seront plus en mesure d'exercer environ quarante à cinquante pourcents de nos métiers, et de revenir à une civilisation du travail pour une bonne partie de l'humanité !

— Si je vous comprends bien Selena, résuma Jacobsen, vous êtes en train de nous dire que la Fédération d'Afrique est condamnée à vivre désormais sans un *computer central* … et qu'ils vont devoir fonctionner en s'adressant directement aux "synchroïdes" pour disposer de la logistique et avoir accès aux ressources communes, bref ! comme c'était le cas voici quelques années en arrière lorsqu'il n'existait pas de synchronisation centrale. Il s'agit sans aucun doute d'une régression qui va plaire à nos opposants, mais nous finirons bien par contourner ce désagrément et régler la question d'une manière ou d'une autre.

Francesca di Sanseverino et Selena Fedorov échangèrent à nouveau un regard complice qui ne pouvait échapper au chef des services secrets.

— Monsieur le Premier Citoyen, dit soudain Alexander Mazza, je crains que Selena ait d'autres mauvaises nouvelles à nous annoncer !

Jacobsen leva les sourcils et jeta un regard intrigué en direction de la responsable robotique

— Est-ce exact, Selena ? demanda-t-il.

— Oui Monsieur, répondit Selena Fedorov, le raisonnement qui a conduit "Silicia" à prendre sa malheureuse initiative finira, tôt ou tard, à gagner les autres *computers centraux*. Il y a cinq

La révolte des robots

machines du même type, une dans chacune des cinq Fédérations, mais, à bien y réfléchir, il était normal que cela soit celle d'Afrique qui soit touchée en premier. Pour une raison simple … c'est en Afrique que se trouve la Fédération qui compte le plus de populations qui tentent de franchir quotidiennement le mur qui les sépare de la Confédération. C'est donc là que les robots militaires et domestiques « voient » le plus de misère et de désolation chez les humains qui campent aux frontières, et c'est à partir de ces témoignages que "Silicia" a pu se forger une opinion sur le bien-fondé de sa propre action à notre service …

— Bien sûr, poursuivit-elle, cela n'avait que très peu de chance de se produire pour les Fédérations d'Amérique ou d'Europe puisqu'elles n'ont aucune frontière avec les pays exclus. Mais pour l'Afrique ou bien l'Asie, la probabilité est bien supérieure !

— Si j'interprète bien ce que je viens d'entendre Selena, reprit le Premier Citoyen, c'est que, d'ici peu, le prochain *computer central* à décider qu'il faut paralyser l'activité de tous les robots c'est celui de la Fédération d'Asie, n'est-ce pas ?

Selena Fedorov acquiesça de la tête et baissa les yeux pour ne pas voir la grimace du Premier Citoyen. Un silence gêné s'établit dans la petite pièce où tout le monde semblait avoir du mal à digérer les propos tenus par la responsable robotique.

— Mais il y a autre chose … reprit la voix lancinante de Selena Fedorov.

— Autre chose … répéta Jacobsen, le regard absent et la mine déconfite. Encore pire ?

— Oui, Monsieur, répondit Selena dans l'atmosphère de la salle empreinte désormais de pessimisme et de résignation.

— Je vous écoute, dit enfin le Premier Citoyen.

La révolte des robots

— Eh bien, Monsieur, dit la responsable robotique, comme vous l'avez dit vous-même, fonctionner en s'adressant directement aux "synchroïdes" pour avoir accès à la logistique et aux ressources communes, c'est une solution qui pourrait marcher et qui a déjà démontré sa viabilité …

— Mais ? … interrompit Jacobsen.

— Mais, cela ne pourra pas durer bien longtemps, enchaina Selena Fedorov d'une voix ferme.

— Et pourquoi ça ? demanda le Premier Citoyen sur un ton désabusé.

— Tout simplement, Monsieur, parce que tous les robots de la Confédération sont conçus et construits à partir des mêmes idées et des mêmes composants, répondit-elle, et les mêmes causes entrainant les mêmes effets … il y a fort à parier qu'avec le temps, tôt ou tard, les "synchroïdes" refuseront d'exécuter nos ordres pour les mêmes raisons que celles attribuées au comportement de "Silicia" … et à terme, c'est l'ensemble de nos machines, à l'exception des robots militaires, qui adopteront une attitude inopérante.

Le silence se fit plus épais dans la petite salle de réunion, tandis que les participants essayaient de réaliser l'ampleur des déclarations que la responsable robotique venait de prononcer.

— Je crois que madame Fedorov est en train de nous expliquer que c'est la fin de la Confédération, dit laconiquement Miguel Ramos, le ministre des affaires militaires. Pouvez-vous nous dire à quelle échéance madame Fedorov ?

Tous les regards se tournèrent vers la responsable robotique.

— Je ne sais pas, monsieur, dit-elle enfin, à quelle échéance ces évènements se produiront, mais je crois qu'ils sont en effet inévitables et se masquer la face ne nous permettra pas de mieux leur faire face. N'importe qui peut comprendre que le raisonnement que je viens de faire n'est pas établi avec des arguments imaginaires ou hypothétiques, mais bien à base de prévisions scientifiquement vérifiables.

— Mais alors, interrompit le Premier Citoyen, que vais-je bien pouvoir raconter aux près de 4 milliards de nos concitoyens qui attendent mon intervention télévisée demain soir ?

VIII – Niels Jacobsen

Il y avait à nouveau énormément de monde sur le plateau de TV Libertadores, la chaine de télévision choisie par Niels Jacobsen, le Premier Citoyen de la Confédération des Peuples, pour son audience planétaire. C'était l'heure en effet de la fameuse émission du journaliste politique Joachim Benitez et, fait exceptionnel, c'était la seconde fois en moins de trois mois que la plus haute personnalité de la Confédération décidait de s'exprimer. Cela devait être sans aucun doute pour des raisons sérieuses, d'autant plus que, chose jamais vue jusqu'ici, aux côtés du Premier Citoyen, se tenaient les cinq Premier Citoyens des cinq Fédérations internationales.

En effet, outre la présence de Kaya Nkomo, le Premier Citoyen de la Fédération d'Afrique, on pouvait noter celles de Joachim Foster, Premier Citoyen de la Fédération d'Amérique, Steven Bloomberg, Premier Citoyen de la Fédération d'Europe, Cheik Ahmad al-Alawi, Premier Citoyen de la Fédération d'Asie et Bryan Sullivan, Premier Citoyen de la Fédération d'Océanie. Voir cette brochette des plus grandes autorités des pays confédérés était un spectacle inédit, preuve que l'heure était gravissime.

Joachim Benitez fit une courte introduction avant de donner la parole au Premier Citoyen, Niels Jacobsen :

— Chers concitoyens, commença-t-il d'une voix chargée d'émotion, vous n'ignorez pas que des évènements graves ont eu lieu récemment dans la Fédération d'Afrique, où nous avons dû intervenir pour rétablir l'ordre à la suite d'un dysfonctionnement sérieux de la logistique robotisée. Pour aller droit au but et sans

La révolte des robots

vous distraire avec des détails inutiles, la cause de ces difficultés est due au *computer central* qui a considéré que le sort des humains exclus de la Confédération constituait une entorse intolérable au regard de la Première Loi de la robotique et donc une raison suffisante pour cesser toute collaboration avec les humains possédants, c'est à dire nous !

Jacobsen s'arrêta un court instant pour boire une gorgée d'eau et mesurer les impacts de ses propos sur l'assistance. Un lourd silence régnait sur le plateau et il poursuivit son exposé :

— D'après nos spécialistes robotiques, dit-il, la déduction opérée par cette machine, grâce aux super algorithmes qu'elle possède, sera également, très bientôt, une réflexion partagée par l'ensemble des robots de la Confédération étant donné qu'ils sont tous conçus sur un modèle identique. Ce qui, en définitive, ne nous laisse comme choix possibles uniquement l'alternative entre les deux solutions suivantes ...

— Soit, enchaina-t-il, nous étendons immédiatement le régime de la Confédération à l'ensemble des humains de cette planète, avec tous les inconvénients que cela comporte, et cela donnera raison à mes opposants d'extrême gauche ...

— Soit nous procédons à la dissolution immédiate de la Confédération pour revenir un demi-siècle en arrière, et cela donnera raison à mes opposants d'extrême droite ...

— Dans les deux cas, conclut-il, cela ne correspond absolument pas à mes convictions ! C'est pourquoi je vous présente ce soir la démission de mon gouvernement et nous allons vous laisser, à vous les électeurs de la Confédération, le soin de trancher ce choix qui est crucial pour votre avenir. Nous sommes dans une grande démocratie et donc, de nouvelles élections vont être organisées prochainement pour permettre aux peuples d'en décider ! je vous remercie de votre attention !

La révolte des robots

Le plateau fut alors envahi par une immense rumeur montant des travées où se trouvaient les dizaines de journalistes venus de tous les médias de la planète. L'ampleur de cette réaction aux propos du Premier Citoyen laissait à penser que la stupéfaction avait sans doute provoqué une répercussion identique, non seulement chez les populations des inclus, mais également chez toutes celles hors de la Confédération.

Joachim Benitez s'empressa de s'emparer du micro pour tenter d'obtenir des compléments d'information de la part des membres du gouvernement présents, mais il n'eut pas le temps, puisque tous quittèrent instantanément le plateau derrière Niels Jacobsen.

IX – FRANCESCA DI SANSEVERINO

Francesca di Sanseverino entra dans le bureau de Selena Fedorov après avoir frappé à la porte et y avoir été invitée. La responsable jeta un regard insistant sur l'allure de la roboticienne, car celle-ci portait des vêtements sport, pantalon et veste près du corps, une valise de dimension raisonnable à la main.

— Vous partez en vacances ? demanda miss Fedorov avec un air de curiosité.

— Oui, enfin … des vacances prolongées alors, répondit Francesca avec un sourire, puisque je pars définitivement. Vous avez ma démission dans votre boîte aux lettres …

— Vous partez ? définitivement ? demanda la responsable interloquée.

Francesca di Sanseverino remua la tête pour signifier son affirmation.

— Et vous nous quittez pour aller où ? enchaina miss Fedorov, si cela n'est pas indiscret, bien sûr …

— Je suis invitée en Afrique, répliqua Francesca, pour prendre d'abord pour une grande période de vacances au soleil, puis ensuite nous verrons bien …

— C'est le grand et beau garçon qui vous a accompagné en Afrique du sud qui vous invite ? n'est-ce pas ? questionna la responsable.

— Oui, dit Francesca légèrement rougissante.

La révolte des robots

— Vous avez bien raison, ma fille ! s'exclama miss Fedorov. A votre place, j'agirais de même !

— Mais n'est-ce pas un peu dangereux ? poursuivit-elle, je veux dire là-bas, en Afrique ?

— D'ici peu de temps, le mode de vie de nos pays rejoindra celui du tiers monde ! affirma Francesca, et le danger sera tout aussi présent ici. Vous ne croyez pas ?

— Vous avez probablement raison ma chère, consentit miss Fedorov. Après ce vote pour un retour en arrière, je ne donne pas cinq ans, en effet, avant que la régression d'un demi-siècle ne nous ait rattrapés et qu'elle soit affective ici aussi.

— Mais y avait-il un vote mieux qu'un autre ? lança Francesca.

— Non, Hélas ! je ne crois pas, constata miss Fedorov. Jacobsen les a bien eus avec sa démission ! tous hurlaient comme des chacals sauvages lorsqu'ils étaient dans l'opposition, mais quand il a fallu prendre ses responsabilités et faire des propositions concrètes, plus personne ! tous ces jeunes politiciens ambitieux et incompétents n'arrivent pas à la cheville de l'ex-Premier Citoyen !

— Mais, au fond, pourquoi cela n'a-t-il pas marché ? interrogea la roboticienne. Avez-vous compris ce qui s'est vraiment passé ?

— De mon point de vue, répondit miss Fedorov après une courte réflexion, la Confédération a commis une erreur … nous avons commis une erreur … celle de croire que l'on pouvait régler le problème de la misère et de la faim pour une moitié seulement de la planète ! à bien y réfléchir c'est profondément immoral ce que nous avons fait … réquisitionner par la force 90% des richesses de la planète et laisser survivre l'autre moitié avec les 10% restants, c'était à l'évidence voué à l'échec !

La révolte des robots

— Il se trouve que ce sont les robots qui ont eu le rôle vertueux de la conscience généreuse, poursuivit-elle, mais en vérité, il fallait faire preuve de peu de réalisme pour penser que les peuples écartés resteraient sans rien faire. Certes, ils ont fait peu de chose, mais ils ont résisté comme ils ont pu, en montrant leur misère aux portes de la Confédération, et pesé ainsi sur notre inconscient. Fort heureusement, nous avons construit les robots à notre image, et ils nous ont rappelé ce que nous avions oublié, c'est que nous devons faire preuve d'un minimum d'humanisme envers les autres ...

— Voyez-vous Francesca, enchaina-t-elle, je suis persuadée pour ma part, que si nous avions construit les machines autrement, avec moins de compassion pour le genre humain, par exemple, eh bien aujourd'hui, nous pourrions sans doute faire appel à eux pour réprimer les peuples exclus, mais serions-nous dans la vérité pour autant ? je ne le crois pas ! et puis, vivre dans une société avec des robots sans compassion pour l'humanité n'est pas une bonne chose, je crois bien que le risque d'une confrontation avec eux serait bien réel ! vous en pensez quoi vous Francesca ?

— Je partage votre point de vue Selena, répondit la roboticienne. J'aurais aimé que le vote penche plutôt en faveur de l'élargissement de la Confédération, mais j'ai aussi conscience que d'autres difficultés nous attendraient. Après l'échec du communisme de Karl Marx et l'expérience récente qui vient de s'achever, tout cela ne plaide pas en faveur d'un tel régime pour une partie seulement des peuples. Car nous l'avons vécu avec ce vote, l'être humain n'est pas suffisamment civilisé pour accepter l'idée qu'il peut vivre heureux en harmonie avec la planète, sans guerre, sans compétition ni lutte de pouvoir.

La révolte des robots

— Je vous souhaite beaucoup de bonheur dans votre nouvelle vie Francesca, conclut ainsi miss Fedorov avec une pointe d'envie dans la voix.

— Merci Selena, je vous souhaite de même, répondit Francesca di Sanseverino, peut-être aurons-nous l'occasion de nous revoir, ce sera avec plaisir ! à présent je dois partir car l'avion ne m'attendra pas !

OUVRAGES DU MÊME AUTEUR

L'UNIVERS DES ROBOTS - 2017 (publication chez Amazon)

LE PAPYRUS DE DJOSER - 2017 (publication chez Amazon)

www.ingramcontent.com/pod-product-compliance
Lightning Source LLC
LaVergne TN
LVHW040002200726
843493LV00005B/1095